脚本　橋部敦子
ノベライズ　木俣 冬

僕らは奇跡でできている（上）

扶桑社文庫
0684

僕らは奇跡でできている

相河一輝（あいかわかずき）

都市文化大学で動物行動学を教える講師。生き物の不思議や謎を見つけると、ほかには目もくれず没頭してしまう。そのため、職場のルールを守れず、周囲をざわつかせることも多いが、どこか憎めない。

水本育実（みずもといくみ）

一輝を担当する歯科医師。容姿端麗で若くして院長を務めるエリートだが、真面目で頑張りすぎるがゆえに、仕事もプライベートもうまくいかない“こじらせ気味”な一面も。

樫野木 聡（かしのき さとし）

一輝と同じ大学の研究室で働く准教授。野心家で教授の座を狙っている。鮫島の口利きで講師になった一輝を快く思っていないが、マイペースな一輝に日々振り回されてしまう。

沼袋順平（ぬまぶくろじゅんぺい）

一輝と同じ研究室に勤める同僚講師。研究室で何十匹ものアリを飼育・観察していて、そのすべてを識別できる“アリおたく”。研究室のメンバーとは一定の距離を保っている。

新庄龍太郎（しんじょうりゅうたろう）

一輝の講義を受ける大学生。特に人生の目標もなく、大学＝遊ぶ場所という認識で毎日を過ごしている。明るい性格でちょっぴり天然なところも。あるコンプレックスを抱えている。

青山琴音（あおやまことね）

ファッション大好きなオシャレ女子大生。気になる異性には積極的に行動する“肉食系女子”。最初は一輝の講義に無関心だったが、一輝の独特な言動に徐々に興味を持つように。

尾崎 桜（おざき さくら）

生き物が大好きな真面目な学生。熱心に一輝の講義を聞いているものの、自分に自信がないため、いつも意見や発言ができずに琴音に頼んでしまう。

須田 巧（すだ たくみ）

龍太郎、琴音、桜と共に一輝の講義を受けている大学生。4人の中では一番のしっかり者で、天然な龍太郎の言動にツッコミを入れることも。

熊野久志（くまのひさし）

一輝が勤める大学の事務長。ルールを守れない一輝に手を焼いている。

丹沢あかり（たんざわ）

育実の歯科クリニックで働く歯科衛生士。オシャレに敏感で、恋人とも良好な関係を築いている“リア充”女子。プライベートを最優先させるため、育実を苛立たせることも。

宮本虹一（みやもとこういち）

絵を描くことと体育が好きな小学生。一輝と一緒に“謎解き”をする仲間になる。

宮本涼子（みやもとりょうこ）

虹一の母親。

鳥飼雅也（とりかいまさや）

育実の恋人。

坂下祥子（さかしたしょうこ）

水本歯科クリニックに勤務する、あかりと同僚の歯科衛生士。

相河義高（あいかわよしたか）

一輝の祖父であり陶芸家。幼い頃から一輝の面倒を見てきた人物。周囲になじめず悩む一輝をいつも優しく導いてきた、一輝にとって一番の理解者。

山田妙子（やまだたえこ）

一輝が15歳の頃から住み込みで働く家政婦。一輝の極端なマイペースぶりにあきれつつも、温かく見守っている。一輝にとって、唯一、文句やわがままを遠慮なしに言える存在。

鮫島 瞬（さめじま しゅん）

動物学の権威で、都市文化大学生命科学部の学部長。一輝が学生時代に師事した恩師。"興味のあることに夢中になれる"一輝の性格を買い、講師として迎え入れた。

ジョージ　一輝の友だち。ヘルマンリクガメ。

本書はドラマ「僕らは奇跡でできている」のシナリオをもとに
小説化したものです。小説化にあたり、内容には若干の変更と創作が
加えられておりますことをご了承ください。
なお、この物語はフィクションです。実在の人物・団体とは無関係です。

第1話

初秋の雨は楽しい。木々の葉にしずくが落ちて軽快なリズムを奏でる。雨の音を聞きながら、相河一輝はまどろむ。意識はいつの間にか、七歳の頃の記憶に帰っていった。

一輝が幼少の頃から馴染んでいる森がある。大地、石、草花、木々、落ち葉、沢、風、光、空……。鳥の鳴き声。虫の羽音。葉がすれあう音……。空間を構成するエレメンツは古から続く長い歴史を刻みながら、生きている。

七歳の一輝は、裸足で土の感触を楽しんだり、いろいろな葉っぱや石を並べたり、わけもなくあちこち跳びはねたり、行く手にふわふわと舞う蜉蝣の群れに出合うと、その一匹を手のひらにのせて魅入ったりと、一日中飽きることはない。お気に入りの大木を抱きしめるようにして体を委ね、目を閉じると、不思議と落ち着いた。

夕暮れまで遊んだ一輝は、森の中に立つ工房へと向かう。

「おじいちゃん、おなかすいた」と入り口の戸を開けるやいなや声をかける。

土間で陶器を作っている相河義高が「ん」と手を止めた。

「できたの？」

「ああ」

義高の傍(かたわ)らには、できあがった陶器がいくつか置かれていた。一輝は近寄ると大きな青い器を手に取り、その美しさに目を奪われる。

ブン、とふいに羽音がして、一匹の虫が飛んできた。虫に気を取られた一輝は、その瞬間、手元がおろそかになった。

できたばかりの器は、土間の上で真っ二つになってしまった。

一輝はそのかけらをひとつ拾うと、義高におそるおそる聞いた。

「これ、もうダメ？」

それには答えず、義高はいつものいたって穏やかな調子で尋ねた。

「一輝、どうしたら、この器が輝くと思う？」

そこで目が覚めた。ベッドヘッドの棚に置いたスマホのアラームが朝を告げている。

一輝はぼんやりとベッドから下り、部屋の中央に置かれた水の入っていない水槽に近づいた。中には、あの日、一輝が壊した器の片割れがある。「おはよう」と一輝が声をかけると、かけらの陰からりっぱな甲羅のカメがのそりと顔を出した。一輝の相棒で名をジョージという。

一輝は着替えて自室を出ると、廊下を歩いてダイニングルームに向かう。古い平屋造りの日本家屋はピカピカに手入れが行き届いている。

食卓には炊きたてのごはんや味噌汁がいい香りを漂わせていた。席に着くなり、一輝は「いただきます」と食卓の中央の小鉢に盛られたピリ辛キュウリに箸をつけた。台所では、還暦間近にしては若く見える家政婦の山田妙子(やまだたえこ)が弁当を作っている。

「ピリ辛キュウリ、入れてくれました？」

「はい、入れました」

「ありがとうございます」

一輝はまたキュウリをつまむ。絶妙な味付けに箸が止まらない。

山田も向かい側に座って、「いただきます」と食べ始めようとして、

「あ、そういえば、歯医者、どうしました？」と聞いた。

「……もう痛くないので」

「また痛くなるんじゃないですか？」

「大丈夫です」

「一輝さんは、先送りが得意ですもんね」

山田のなんとなく意味ありげなその言い方に、一輝は顔をしかめ、「大丈夫だって言

ってるじゃないですか」と、わざと大きな音を立てながらピリ辛キュウリを次々と口の中に放り込む。山田がキュウリに箸を伸ばそうとしたが、最後のひとつも一輝がかっさらった。

「ピリ辛キュウリ、まだありますか？」と一輝が聞くと、

「それで全部です」と山田は憮然(ぶぜん)とする。

「……食べたかったですか？」

「はい」と言われて、一輝は少し罪悪感を覚えたが、覆水盆に返らずとはこのことだ。

「また作ればいいですよ」と、気を取り直したように一輝は笑顔で言う。

「はい。作るのは私ですけどね」と山田もやれやれという表情で笑みを返した。

35歳ながら、一輝は少年のような邪気のない笑い方をする。それを見ると山田は何も言えなくなる。山田の気持ちを知ってか知らずか、一輝はけろっとした顔で卵焼きをつまんだ。

食事を終えた一輝は自室に戻り、出かける支度を始めた。食事だけでなく、支度もいたってマイペースだ。弁当、ノートパソコン、資料のファイル、読み込んでボロボロになった何冊かの図鑑、カメラ、古ぼけた四角いブリキ缶。それらを赤い大きなリュックに入れようとする。しかし、ファスナーが閉まらない。どうしたものかと、中身をもう

一度取り出し、取捨選択の思案にくれた。

ふと、「S.S」と刻まれた古い軍用コンパスを手のひらに包み込む。その感触が心地よく何度もぎゅっと握る。そのままリュックを背負って、部屋のドアを開けると、目の前に山田がそわそわした様子で立っていた。一輝の支度が遅いのを心配しているようだった。いつものことだ。一輝は玄関に向かう途中で振り返り、山田に念を押した。

「僕の部屋、勝手に入らないでくださいよ」

「あ、でも、ゴミ、そろそろ溜まってるんじゃないですか?」

「溜まってません。溜まったら自分で出しますから」

一輝はムキになって山田にクギを刺すと、家を出た。庭に置いた自転車を担いで石段を降りる。そして自転車にまたがり、空を仰ぐ。昨夜の雨はあがっていて、空は青い。

一輝はペダルをぐっと踏んだ。

少し行くと、道沿いに池のある公園が見えてきた。雨あがりの公園は清々しい。瑞々しい緑の匂いをかぎながら、そのまま通り過ぎようとしたとき、木の葉から落ちた水滴が、一輝に降りかかった。一輝は思わずブレーキを踏む。

公園に立ち寄った一輝は、何かを探すように草花の茂みを見る。と、水滴のついたクモの巣を見つけた。水滴がきらきらと宙に浮いているようだ。見とれていると、そこに足の長いクモがやってきた。

クモに挨拶して、再び自転車を漕ぐ。

風が心地よかった。


一輝の勤務先・都市文化大学は自宅から自転車ですぐのところにある。都心からさほど遠くないにもかかわらず、まだ自然が残る地域だ。

大学で一輝は、動物行動学の講師をしている。

「さまざまな生物が長い年月をかけて進化してきました。生き残れるかどうかは、戦いの勝ち負けで決まると思いますか？」

一輝は学生たちに向かってにこやかに語りかけた。

「例えば、氷期には、絶滅した生き物たちがいます。でも、このジャイアントパンダは氷期を生き抜き、現在も存在しています。しかもジャイアントパンダは繁殖能力が低いのに生き残っているのです。不思議ですよね？」

一輝がスライドを操作すると、ジャイアントパンダが映し出される。だが、教室にいる三十人ほどの学生はほとんどスライドを見ていない。当然、一輝の講義も聞いていない。スマホでファッションサイトを見ているのはメイクもファッションも気合が入った青山琴音。ノートパソコンで漫画を読んでいるのは須田巧。寝ている者もいる。新庄龍太郎だ。……みな、意欲が見られない。唯一、一番前の席に陣取った尾崎桜は動物好きで、メガネの奥で目を輝かせて授業を聞いている。動物の話が楽しい。

一輝は学生の反応などおかまいなしに話し続ける。

「クマ科のジャイアントパンダは、もともと肉食でした。でも、ほかの動物とエサを取り合っても負けるので、高地へと移動し、たまたまそこに生えていた竹を食べることにしました」

話しながら、竹を食べるパンダの画像に切り替える。

「この竹っていうのが、氷期がきても枯れなかったんです。だから、食料がなくなることはありませんでした。ただ肉食だったジャイアントパンダの腸は、竹をうまく消化できず、十分な栄養もとれないから、あまり動かないようにしました。そんなことをしていたら、獰猛な肉食動物に食べられてしまうところですが、高地にはそもそも生き物が少なく、襲われることはありませんでした」

終業のチャイムが鳴っても一輝の講義は終わらない。早口になりながら「つまり、戦いに勝ったものが生き残ったわけではないのです」と続ける。ここは一輝にとって最重要ポイントだ。ここを話さずして講義は終われなかった。

「パンダが生き残れたのは、自分の弱さを受け入れて高地に逃げたことに始まり、今までなら絶対に食べなかった、たまたま目の前に生えていた竹を食べ、そして――」

残念ながら、桜を除いて学生たちはそそくさと筆記用具を片付け始めており、講義のハイライトは耳に入っていない。

それでも最後まで話をして一輝は教室を出ると、研究室に戻った。

すると事務長の熊野久志（くまのひさし）が一輝を待ち構えていて、「相河先生！」と怒りの表情で寄ってきた。

「また遅刻しましたよね⁉」

「……そうでしたっけ」

「五分でも遅刻は遅刻です！　授業は時間通りに始めてもらわないと困ります！」

「誰が困るんですか？」と一輝が真顔で質問すると、熊野は一瞬、言葉に詰まる。その隙に一輝は自分のデスクに向かった。

研究室には観察用の動物たち――ネズミ、フクロウ、カメレオンなどが飼われていて、さまざまな動物の標本が所狭しと置かれている。研究室のメンバーは一輝を入れて三人。准教授・樫野木聡（かしのきさとし）はしかつめらしい顔で常に英語の論文を作成している。論文を書くことが出世への近道だからだ。その横顔はなかなか知的な二枚目である。

ケースに入った何十匹ものアリの観察をしている、講師の沼袋順平はいかにも〝変わり者〟という雰囲気を漂わせながら、アリに向かって「一号、三号、グッジョブ」と声をかけていた。沼袋が四十歳、樫野木が三十七歳と、沼袋のほうが年齢は上だが、樫野木が准教授であるのに対し、沼袋は講師どまり。

彼らの間を縫って熊野は一輝を追いかけてきた。

「学生たちに示しがつかないって言ってるんです！　出席だって、ちゃんととってください！　学生たちが噂してます。相河先生の授業は出席とらないから出なくても大丈夫だって」

「ちゃんとやってます」

「ちゃんとっていうのは、毎回必ず出席をとるっていうことです！　授業のたびに、とるんです。とても重要なことですから、ちゃんとやってください」

黙って自分の机に向かっている一輝に、熊野は「いいですね！」と声を張りあげる。

樫野木が見かねて「事務長、そんなに怒って疲れませんか？」と口を挟むと、

「疲れますよ！」

「ドンマイ」と沼袋が絶妙なタイミングで声をかけたが、その顔はアリに向けられていた。

「大学は、社会でうまくやっていけない人の集まりなんですから。まともなのは僕くらいじゃないですか」と樫野木にちゃかされ、熊野は「そうはいっても、これくらいのことはやってもらわないと――」とむくれる。

そこへ「ただいま〜」と大きなスーツケースを引いて戻ってきたのは、教授の鮫島瞬だ。還暦を過ぎた六十二歳だが、活動的で若々しく見える。

樫野木も熊野も一斉に鮫島に注意を払う。

「いかがでした？ アフリカの海洋会議は」と樫野木がご機嫌をとるようにすり寄ると、

「そんなことより、すごいの見つけちゃったよ」と、嬉々としてポケットから小さな茶色い化石を取り出した。

うっ……と樫野木が顔を背けたのに対して、一輝は「コプロライトじゃないですか！」と前のめりになる。

「しっかり原型をとどめた糞の化石だよ」と鮫島は一輝に手渡す。

「きれいです！」と一輝は顔を輝かせた。

「……失礼します」と、熊野は顔をしかめてその場を立ち去った。

「一億年以上前のものですか？」と一輝。

「六千五百万年くらいじゃないか」と鮫島。

樫野木が「すば……」と言いかけると、一輝が「ギニアに行ったときのことを思い出しました！」と割り込み、そのまま鮫島と一輝の話は続いた。

「ああ、エジプトハゲワシね」

「はい！　黄色い糞を食べるのか、十日間、糞を見張りました」

「現れたのはエジプトハゲワシじゃなくて……」

「ニシコモチヒキガエル」

鮫島と一輝は楽しそうにユニゾンする。

樫野木がまったく話に加われない横で、沼袋はアリに向かって「十番、蚊帳の外」と言った。それでも樫野木は鮫島に食らいついていく。「糞の話はきりがない。続きはランチしながらどう?」という鮫島の誘いに、「喜んで。学食でよろしいですか?」と参加の意思を見せた。

「僕は弁当持っていきます」と一輝。

「山田さんの弁当か」

「はい」

「うまいんだよなあ」とつぶやきながら、鮫島は荷物を置きに教授室へ向かおうとする。

一輝がコプロライトを返そうとすると、鮫島はあっさり「やるよ」と言った。

「え、ホントですか⁉　ホントに僕がもらってもいいんですか⁉　コプロライトですよ⁉」

コプロライトを手のひらにのせて熱心に見つめる一輝は、樫野木が「山田さんて？」と尋ねても、コプロライトから視線をそらそうとしない。「相河先生！」と樫野木が耳元で大きな声を出すと、ようやく顔を上げた。

「山田さんて誰なの？」

「家政婦の山田さんです」

「家政婦？」

「家政婦は見た」と沼袋がつぶやく。

「家政婦が毎朝きて、弁当作ってくれるの？」

「一緒に住んでます」

「……住み込みの家政婦？　いつから？」

「二十年前です」

ごく当たり前のように答えながら、一輝はコプロライトを入れるケースを物色している。その姿は、家政婦がいるような家の住人とは思えない。服装だっていつ見てもカジュアルだ。「……おぼっちゃま？」樫野木は首をかしげた。

やがて一輝は空のクリアケースを見つけ、コプロライトを入れると、自分の机の上にうやうやしく鎮座させた。

満足した一輝は、一息つくと、リュックから図鑑や四角いブリキ缶や軍用コンパスを次々に取り出した。すべてを机の上に出して「ない」——思わず愕然とする一輝を見て、樫野木は何がないかを察した。

話題の家政婦・山田の手作り弁当が入っていなかった。朝、荷物を入れ直したとき、軍用コンパスに気を取られて入れ忘れたのだ。

「残念だね……」と樫野木は口先で言うと、「あ、ねえ、これ、いつも持ってるけど何が入ってるの?」とブリキ缶を手に取った。しかし、いつもはにこやかな一輝が、珍しく険しい顔で、「触らないでください」と缶を取り返す。と、一輝の顔を見て樫野木が固まってしまう。「行こうか」と鮫島が教授室から出てきたとき、一輝の左の頬が大きく歪んでいた。

例の奥歯の〝爆弾〟が破裂したかのように痛みだしたのだ。

一輝は鮫島に紹介された水本歯科クリニックへと向かった。

外観は昔ながらの町の診療所といった風情だが、内側は改装されてきれいな造りだ。

一輝が待合室に座って順番待ちをしていると、診察室から幼児の泣き叫ぶ声が聞こえてきた。一輝は立ち上がり、落ち着かない様子で行ったり来たりして、元のところに座る。受付のベテラン歯科衛生士・坂下祥子は、一輝の様子を訝しく思った。

診察室では、歯科医師である水本育実が、宮本直樹の治療をしている。背後には、若手歯科衛生士・丹沢あかりがいて、その隣には直樹の母親の宮本涼子がはらはらしながら付き添っていた。

「はい、終わりました」と育実が言うと、あかりが「がんばりました〜。シールあるよ」とあやしながら、直樹を待合室へと連れていく。

「ここに来るとき、直樹君に、痛くないから大丈夫って、おっしゃいました？」

育実が涼子に確認した。

「……行きたくないって渋ったので」

「痛くないは嘘になってしまいます。信頼関係が崩れて、次回もっと拒絶することも考えられるので、気をつけてください」

育実の言い方には、少し棘があった。涼子は「……はい、すみません。ありがとうございました」と、その場は丁寧に頭を下げたものの、育実に背を向けた途端、不機嫌な表情になり診察室をあとにした。

育実は事務的に次の患者である一輝を診察室に呼んだ。

「鮫島教授には、父の代からきていただいていて、おつきあいが長いんです」

「僕も長いです。大学のときに鮫島先生の動物心理学の授業を受けたのが始まりです」

「そうなんですね。では――」と育実が一輝の口の中を覗こうとするが、一輝はおしゃべりをやめようとしない。

「鮫島先生と岐阜でシカの群れの調査をしたことがあって、森にカメラをつけたんですけど、知ってます？　あれって、ただつければいいんじゃなくて、角度がほんのちょっと違うだけで、何も写らなくなるんです。鮫島先生は、すぐにその角度がわかってすごいんですよ」

一輝は鮫島をとても尊敬していた。「S．S」のイニシャルが刻まれた軍用コンパスも鮫島からもらったものだ。

「そうなんですか、では――」と育実がやんわり話を終わらせようとしたが、一輝の話は終わらない。

「それで、森を三日間寝ないで歩き回って、カメラを百個つけたんです。そうしたら、クマが出たんです。クマが出た原因は――」

育実は困惑しつつもマスクに隠れた口元を笑顔にして、診察台の背もたれを倒した。

それでも一輝は夢中でしゃべり続ける。

「クマが出た原因は僕が歯を磨いたせいで、歯磨き粉の人工的な匂いを数百メートル先にいたクマがかぎつけて、それでクマが――」

「お口、開けてください」

育実が少し厳しい声を出すと、一輝はハッとして、口を開けた。虫歯はずいぶんと進行している。「ここですね」と診療器具の先端を虫歯に軽く当てると、一輝は身悶え(みもだ)しながら悲鳴に近い声をあげた。

レントゲンで撮り、それを見ながら育実は状態を説明する。

「かなり前から痛かったんじゃないですか?」と尋ねると、一輝は黙っている。「どのくらい前からですか?」と聞き方を変えると、今度は「八月五日です」と、ずいぶん明確な答えが返ってきた。

「和歌山の河川敷で調査していたら、数千羽のツバメの大群が集まってきた日です。ツバメたちは、そこで体力を蓄えて、東南アジアに飛び立っていくんです――」

再び話が脱線しかかったので、育実は慌てて「虫歯の治療ですが……」とあくまで笑顔で遮る(さえぎ)。すると、一輝は「虫歯ですか?」と鳩が豆鉄砲をくらったような顔をした。

「本当に虫歯ですか?」と一輝はしつこく尋ねる。育実が「はい」とはっきり答えると、

「そんなはずありません」と一輝は言い張るのだ。育実は閉口した。

「……歯、痛いんですよね?」

「歯磨きは子供の頃からしっかりやってきました」

「エナメル質がすり減ってるのは、歯ブラシの圧が強すぎたからかもしれませんね」と育実は説明した。

「だから虫歯になったんですか?」

「いいえ、それと虫歯は関係ありません。治療ですが、歯を抜いてインプラント、または――」

「抜くんですか!?」

「はい」

「治せないんですか?」

「歯を残すのは難しいですね」

「わかりました。じゃあ、治せる先生を探します」

「え」

「先生は治せないんですよね?」

育実はカチンときたが、平静を装う。

「いえ、私が治せないのではなく、どの先生も治せません」

レントゲンを見せながら、育実は「エックス線に根分岐部病変が映っていますので、虫歯は深く進行しています。もっと初期にいらしていただければ保存治療もできたかもしれませんが、この状態では保存することは不可能と思われます」と説明した。

一輝が黙って聞いているので、ようやく理解してくれたかと安堵した育実は、「何かご質問は？」と話をまとめにかかった。ところが、一輝は「……帰ります」と椅子から降りると、すたすたと診察室を出ていってしまうではないか。

え、と絶句したまま、育実はこのおかしな患者を見送るしかなかった。


一輝が水本歯科クリニックから帰宅すると、山田がすこぶる機嫌よく出迎える。

「あ、お帰りなさい。キノコとサンマの炊き込みごはん、すっごくおいしくできました。もう絶品です。あ、ピリ辛キュウリも作りましたよ」

「いらないです」

「え！　……晩ごはん、食べないんですか？」

心配そうに尋ねる山田を無視して、ダイニングルームを通り過ぎ、一輝はそのまま自室へと向かった。

せっかくおいしくできたのに……。山田は拗ねたように唇を尖らせて、「私、ひとりでいただきますから」と言うと、ピリ辛キュウリをポリポリ噛む音を響かせた。聞こえよがしに「う〜ん。お〜いしい！」と声に出す。

一輝の部屋は、生物、自然、宇宙に関する書籍や神秘的な写真、標本、化石などが所狭しと置かれているが、そこには独特の美意識に基づく調和があった。だから、別の人間がなんらかの関与をしたら、たちまちわかる。一輝は部屋の異変に気づくと、ダイニングルームにとって返した。

「山田さん！　僕の部屋に入りましたね」

「……お弁当、忘れてありましたから、それを取りに入っただけです」

「弁当、どうしたんですか？」

「おいしくいただきました」

「そっか……」と一輝は納得しかかって、思考を巻き戻した。

「え、ちょっと待ってください。それ、おかしいですよね。部屋に入らないと、弁当忘れたことなんてわからないですよね」

「……ゴミだけ捨てようと思ったんです」

「僕が自分でやるって言ったはずです」

「溜まってたじゃないですか」

「僕がよければそれでいいんです。ほっといてくだ——」と言いかけたとき、また歯が暴れ馬のように痛みだした。

「歯を抜かなきゃいけないって言われました」

「誰にです？」

「歯医者です」

「歯医者、行ったんですか？」

「すぐに行かなかったのは、山田さんのせいですからね」

「はい？」

「僕のこと、先送りにするのが得意だって言いましたよね」

「……はい」

「一回じゃないですよ。昔から何度も何度も」

一輝の声は次第に熱を帯びていく。

「誰だって、得意技を持ってたら、使いたくなるじゃないですか」

その勢いは、山田に反論の余地を与えなかった。

「だから僕は、先送りにするっていう得意技を使ったんです。山田さんが得意だなんて言わなければ、僕は先送りにしなかったんですよ」

しばらくじっと聞いていた山田だったが、アハハハ！と噴き出してしまった。一輝の言い分に、半分感心し、半分呆れたのだ。

「笑ってごまかさないでください」。一輝はいかにも心外だという顔をした。

「ごまかしてるのは一輝さんです。人のせいにしてごまかさないでください」

山田の反撃に呼応するように、一輝の歯がまた疼きだした。

山田は一輝に、とりあえずダイニングテーブルに座るように言うと、台所に立って、手早く料理を始めた。やがて一輝の目の前に置かれたのは、ポタージュスープだった。口の中に一切の刺激を与えることなく、温かさと旨味だけが広がり、胃袋を満たす。空腹に優しくしみわたる感覚を覚えながら、スプーンでスープをすする一輝を、山田は慈愛に満ちた表情で見た。そして、そっとダイニングルームから出ていった。

一滴も残さずたいらげて、一輝は自室に戻った。

「お休み」とジョージに声をかけ、ベッドに潜り込む。

仰向けに寝て、天井を見上げる。

「いー」

歯を見せて口角を上げるようにそう言うと、一輝は目を閉じた。

翌朝、一輝はいつものように赤いリュックを背負って自転車に乗り、並木道を通って、都市文化大学に向かった。もう九月も半ばだが、蝉の声がする。

午前の授業を滞りなく終え、昼の休憩中に、一輝は水本歯科クリニックに予約の電話を入れた。

電話に出たのは育実だった。

「今日、診てもらえますか?」

「ご予約でいっぱいですが、緊急ということでしたら、もちろん対応させていただきます」

「……緊急です」

「でしたら、四時十五分はいかがでしょうか」

「四時十五分」

「予約の患者さまの合間を縫うので、時間厳守でお願いできますか?」

「はい、わかりました」

四時十五分……と何度も繰り返して電話を切る。予約完了。ミッションをひとつ終えた安堵感に浸りながら、研究室のデスクで出席カードを並べていると、熊野が後ろから金切り声をあげた。

「出席カード、全部同じ色じゃないですか！」

「ダメでしたっけ？」

「ダメですよ！」

熊野は何種類かの色違いの出席カードを一輝に見せた。傍らで、樫野木が迷惑そうに論文を書いているが、熊野はかまわず声を張りあげる。

「学生が、出席をごまかせないように、授業ごとに色を変えてくださいって言いましたよね。それから——」

さらに畳みかけようとしたとき、教授室のほうから「相河先生」と鮫島の声がした。一輝はこれ幸いとばかりに、「はい」と席を立つ。熊野はなおも、「いいですね、相河先生！」と一輝の背中に念押しするように言葉を投げつけた。それは馬の耳に念仏であったが。


教授室に入るとまず目に入るのが「世界の鯨」のポスターだ。何種類ものクジラの大きさがひと目でわかる。ほかにも生き物に関する標本や写真が、鮫島独特の感性で整理されて並んでいる。この部屋ならではの調和が、一輝には心地よかった。

鮫島は、一輝に軽い調子で「大変そうだねえ」と笑いかけた。

「熊野事務長に怒られてばかりです」

「怒るのが仕事だから」

「どうして僕を先生にしたんですか？　そのうちわかるって言われましたが、全然わかりません」

「まだ半年だからな」

「授業だって、寝ている学生がいます」

自分の話に夢中なようでいて、一輝も寝ている学生の存在には気づいていた。

「そのうち起きるって。順調だよ。相河先生」

「先生って呼ばれるのも、いまだに慣れません」

「俺なんて、教授だよ？　学部長だよ？　全然慣れないよ」

鮫島は一輝を励ますつもりでおどけてみせたが、一輝の顔が余計に曇った。

「……どうした」

「僕も鮫島先生じゃなくて鮫島教授って呼んだほうがいいですか？」

「呼ばなくていいよ。一輝の好きにすればいい」

「職場では、相河先生でお願いします」

「……さすが相河先生」

鮫島が笑った。一輝もつられて笑顔になる。

一輝が教授室から出てくると、樫野木がパソコンのモニターから顔を上げ、「鮫島教授、何だった？」と聞いた。教授の椅子を狙っている樫野木は、鮫島が一輝に目をかけているることが気になるのだ。一輝は何も答えず、自分の椅子に腰かけようとして、「あった！」と声をあげた。

「グッジョブ」沼袋がアリから目を離さず、絶妙な合いの手を入れる。

一輝が見つけたのは、ニホンザルの骨格標本からいつのまにかなくなっていた犬歯だった。一輝は喜び勇んで、標本の修復を始めた。

一心不乱に作業をして、ようやく修復を終える。ついに元に戻った標本の歯の部分を感慨深く撫でようとしたとき、一輝の歯が疼いてきた。その痛みとともに一輝は思い出した。四時十五分に歯の治療の予約をしていたことを。

研究室の掛け時計を見ると、すでに五時をすぎている。一輝は慌てて研究室を飛び出した。

水本歯科クリニックの受付に着くと、あかりが淡々と「最後の患者さんのあとになりますが、どうされますか?」と聞いた。

待つことにした一輝は、一息つきながら、待合室のベンチに体を沈めた。ふと見ると、小学校低学年くらいの男の子がスケッチブックに絵を描いている。甲羅のひとつひとつが色鉛筆でカラフルに色分けされたカメの絵だ。

カメは道を歩いていて、道から外れたところに寝ているウサギがいる。どうやら、イソップ物語の『ウサギとカメ』のワンシーンのようだ。

ウサギにつけられた吹き出しは紺色に塗られ、黄色で三日月と星が描かれている。ウサギが夜空の夢を見ているイメージらしい。遠くの山の上にはゴールの旗。そこには太陽、七色の虹、水色の空が描かれている。豊かな色彩とイマジネーションに惹きつけられて、一輝は思わず絵に見入った。

絵を完成させた少年は、改めてその絵を眺め、おもむろにカメの口に鉛筆で歯を描いた。が、消しゴムで消す。しばらくして、再び歯を描いた。すると、一輝が口を開いた。

「カメに歯はありませんよ」

少年は見知らぬ大人に話しかけられて驚いた顔をしたが、一輝はかまわず話を続けた。

「既に絶滅してしまったカメには歯があったかもしれないという説がありますが、現在生息するカメに、歯はありません」

少年は歯を消して、それから一輝に尋ねた。

「ウサギは歯、あるよね？」

「ウサギには歯が二十八本あります。前歯と奥歯は一日〇・五ミリくらい伸びて、一生伸び続けるので、硬いエサやかぶりつき用の木で、歯を一生懸命すり減らします」

少年の目は好奇心に輝いた。

「イソップですか？」と一輝が尋ねる。

「そう」

「きれいな絵ですね。今にも動きだしそうです」

そう言われて、少年がはにかんだ。

そして、突然、少し芝居がかったしゃべり方になった。

「このカメには謎がある」

「謎？」

「そうだ」

一輝も少年に合わせて、芝居がかった口調で言う。

「どんな謎だ」

「カメは寝ているウサギに声をかけなかった。倒れているかもしれないって、どうして思わなかったのか？」

「なるほど。それは大きな謎だな」

と、クリニックに宮本涼子が入ってきて、少年に「もう終わったの？」と話しかけた。

涼子が連れているのは、一輝が初めてこの歯科医院に来たときに泣いていた男の子だ。

涼子は少年の母親で、泣いていたのはその弟、ということのようだ。

涼子は「ありがとうございました」とあかりに治療費を払う。その間に、「謎を解き明かせ」と少年は涼子に聞こえないようにそっと一輝に耳打ちした。

「了解」。一輝も小さな声で応じる。

何も知らない涼子は、少年を連れて出ていく。帰りがけに振り返った少年に、一輝はいたずらっぽい笑みを送った。

のちに一輝は知るのだが、少年は九歳で、名を宮本虹一（こういち）という。

診察室では、あかりが育実に一輝が遅れてきたことを伝えていた。

「痛いみたいで、待つっておっしゃったので」と言ったところで、育実が眉をひそめる。

あかりはハッとなった。

「あっ、そういえば院長、今日、料理教室の予約したんですよね？　すみません」

「いいのいいの。キャンセルできるから」

「せっかく料理教室入会したのに、全然いけてないんじゃないですか？」

「患者さん優先」

育実は眉をなだらかな弓なりに戻すと、微笑んだ。

「今、キャンセルしちゃうから、そうしたら相河さん、お呼びしてください」

「はい。そうしたら、私、あがっていいですか？」

「は？」

「約束があるんです。……簡単にキャンセルできない約束なんですよ」

育実は再び眉間にシワが寄りそうになるのを必死で抑え、「わかりました。お疲れさま」と穏やかな声を出す。あかりは平然と「ありがとうございます」と言って帰っていく。

育実がやりきれない気分でいると、一輝がおずおずと入ってきた。

「四時十五分にこられなくて、すみません」

「こられないときは、ご連絡いただけると助かります」と努めて冷静に言うと、あろうことか一輝は「すみません、忘れていたので」と言う。

愕然とした育実は、つい嫌みを言ってしまう。

「それは斬新ですね。初めてです。当日予約して忘れる患者さん」

一輝はそれを皮肉とは受け取らず「へえ、そうなんですね」と言うから、ますます苛立ちが募り、治療器具を持つ手がかすかに震えた。

「……約束通りに来ていただいてたら、こっちは何日も前に予約したものをキャンセルせずに済んだんですけどね。あ、こっちの話なので、気にしないでくだ……」

言い終わる前に、一輝が話す。

「この前、屋久島で拾ったニホンザルの骨から性別と年齢を調べようと思って骨格組んでたら、犬歯がどこかにいってしまったんです」

「背中、倒します」と育実は無視して、感情のこもらない事務的な手つきで椅子を倒した。

診察室に充満するトゲトゲしい空気にはまったく気づかず、一輝はしゃべり続ける。

「犬歯がなかなか見つからなかったんですけど机の脚のところにあって、ようやく修復することができ――」

治療を終えて、受付で会計しながら、育実は一輝に告げた。

「では次回、抜歯しましょう」

「……本当に抜かないといけませんか？」

「はい。いつにしましょうか」

「水曜がいいです」

「水曜はお休みで、診療日は、月、火、木、金となります」

「週休三日なんですね」

「いえ、水曜と土曜は、別のクリニックに勤務していますので」

育実は、カウンターに置かれた銀座のクリニックのパンフレットを一枚取って差し出した。

「ここではやっていない矯正や審美をやっているんです」

「本当に抜かないといけませんか？」

一輝は差し出されたパンフレットには一瞥もくれない。なんて無礼な人なんだろうと、育実はいつになくきつく返した。

「いけません」


歯を抜かないといけないと厳しく告げられ、帰宅した一輝は、落ち着かなく台所をウロウロと歩き回っていた。いつものことだと山田は気にも留めず、夕飯の支度をしながら、声をかける。

「これ、行列ができるお豆腐屋さんの高級なお豆腐なんです。大河原さんが、一時間並んで買ったからどうぞって言うから、ありがたく受け取ったら、大河原さん、なんて言ったと思います？　五百円でいいわよ、消費税はおまけしとくって。頼んでもないのに買ってきて、五百円請求されて。払いましたけどね。お豆腐、受け取っちゃったし、好きですから。でも、なんかモヤモヤしちゃって、どう思います？」

「話しかけないでください。今、気持ちの整理をつけてるんですから」

「あ、歯を抜くことですか？」

「いちいち言わないでください」

「冷や奴と湯豆腐、どっちにします？」

「だから、話しかけないでください」

一輝はぷいっと自室に入ると、ぴしゃりとドアを閉めた。

「五百円のお豆腐ですよ？」と山田が言っても、返事はない。

一輝はいつものように体幹を鍛えるポーズをとり、ジョージに「おやすみ」と声をかけた。

育実のもうひとつの職場・銀座のクリニックは、高級エステサロンのような内装で、ゴージャスな雰囲気を漂わせている。患者もおしゃれな女性が多い。

今しがた審美治療が終わった戸川小百合（とがわさゆり）もセンスのいい服を着ていた。

きれいにそろった歯を満足そうに鏡で見ると、小百合は「先生、実は私、雑誌の編集をしてるんです」と名刺を差し出した。「秋桜出版　戸川小百合」とあり、並んで印字された雑誌名は、育実もときどき読む有名な女性ファッション誌だ。たまに読むと告げると、

「ありがとうございます。それで、輝く女性の特集を組むので、ぜひ先生を取材させていただけませんか？」と小百合が持ちかけてきたのだった。

その晩、仕事を終えた育実は浮足立った気分で、銀座の街をぶらついた。ジュエリーショップにディスプレイされたネックレスが気になり、ふらっと店内に入って、試着してみる。

「とってもお似合いですよ」と店員に言われると、まんざらでもない。

「こちらもお似合いでしたけど、私はこちらのほうが好きですね」

「そうですよね」

「お値段は、ちょっとお高くなりますけど」

育実はしばし考えた末に、高いほうを選んだ。

「仕事、頑張ってるので、自分へのご褒美です」

店員は高いほうが売れたのでご機嫌だ。「この輝きを存分に楽しんでください」と満面に笑みをたたえた。

その翌日。一輝は講義の途中で、シマウマのスライドを映し出した。

「前回の課題。シマウマは、どうしてこんなにきれいな白黒のシマになっていると思いますか?」

こんなふうに話しかけても、学生たちはほとんど無反応だが、「これをひとりずつ発表してもらいます」と言うと、たちまち顔を上げた。

「発表? 急にそんなこと言われても」と龍太郎。

「まだやってません」と巧。

「もう少し調べる時間、欲しいです」と琴音。

みんなの抗議に、一輝は「調べなくて大丈夫です」と微笑んだ。

「外から知識をもってくる必要はありません。今、あなたの中にあるもので考えればいいだけです」

え……と戸惑う学生たちをよそに、一輝は「みなさんが考えたことを、みなさんの言葉で聞きたいです。では、発表してくれる人」と進める。

手を挙げる者はひとりもいない。そんななか、桜だけは課題を終えていたのだが、内気な性格ゆえに手を挙げられないでいる。

一輝は挙手がないことなど意に介さず、「発表する人がいないので、グループで話し合って発表してもらいます」と、出席カードを分け始めた。

琴音、桜、龍太郎、巧はAグループになった。しかし、誰もいいアイデアを出さない。引っ込み思案な桜は、課題を書いたノートに気づかれないようにページを閉じている。すっかり煮詰まったところに、龍太郎のスマホからメールの着信音がした。

「今日、バイト、入ってくれって」と龍太郎。

「行くの？」と巧に言われて、「どうせヒマだし」と答えた。

「バイト、何してるの？」と琴音に聞かれ、「カテキョ」と答えつつ、「そんなわけないだろ。俺らの大学に家庭教師頼むやつがいるか」と自嘲気味に笑った。

「びっくりしたぁ。ね」と琴音が桜に話を振る。桜は少しオドオドしながら、ぎこちなく微笑んだ。

しばらくして、一輝が「どうですか？」と声をかけた。

だが、どのグループもシーンとしている。

「じゃあ、別の課題を話し合ってもらいます」と一輝は課題を切り替えた。

「イソップ物語の『ウサギとカメ』です。カメとウサギが競走します。ウサギはゴールの途中で寝ます。カメはウサギに追いつきますが、寝ているウサギに声をかけませんでした。もしかしたら倒れているかもしれないですよね？　なのにどうして声をかけなかったのでしょうか。それを話し合ってみてください」

「なんだそれ」「意味不明」と学生たちは面食らっている。

「……なんかウケる」と琴音が手を叩いた。

「話が盛り上がったところで、本題のシマウマのことを話し合ってください」

「どうやって盛り上がるの?」と龍太郎は呆れ顔。巧も「無理」と口を尖らせた。「やっぱウケる」と琴音だけがへらへらと楽しんでいる。

「シマウマの課題は次の授業で発表してもらいますので、目いっぱい話し合ってください。楽しみです」と言って、一輝はこの日の講義を終えた。


一輝はジョージを連れて森に入った。

ジョージを道に放ち、歩くさまを観察する。カメがなぜ歩くのか。それをカメの目線で感じたかったのだ。その合間に、一輝は自然と戯れる。足をせせらぎに浸したり、いつものように、お気に入りの大木を抱きしめるようにして体を委ねて、目を閉じると、自然のエネルギーが体内に満ちてくる。

夕暮れまでたっぷりと森で過ごすと、ジョージを連れて義高の工房に向かった。

「おじいちゃん、お腹すいた」。七歳の頃と同じように声をかけると、義高は陶器作りの手を止めて立ち上がり、台所に向かった。二十七年前と比べたらもちろん年をとり白髪になってはいるが、矍鑠(かくしゃく)としたもの。足腰に衰えは感じられない。

義高は、この森の工房で陶器を作りながらひとりで生活している。土間を上がったところが生活空間だ。

中央にちゃぶ台があって、隅には小さな仏壇が置かれている。一輝は茶の間に上がり、義高は自作の器にごはんと味噌汁を入れた。一輝はリュックから重箱を取り出す。中には山田が作ったおかずが入っている。ピリ辛キュウリもギュウギュウに詰めてあった。

「今、ピリ辛キュウリにハマってるんだよ」と、一輝はさっそくキュウリを頬張った。快音が響き、辛味が鼻を抜けていく。

「でも、歯を抜かなくちゃいけなくて、大変でさ」

「よかったな」

「……僕の話、ちゃんと聞いてる?」

「歯のありがたみ、わかったろ」

自分にはなかった視点に気づかされた一輝は、幸福な気分でキュウリをかじった。

育実がメジャーな女性誌で取材されることになったと聞いたあかりと祥子は、昼ごはんそっちのけで色めき立った。

「この雑誌に出るなんてすごいじゃないですか」と、あかりは誌面をめくりながら羨望の眼差しを育実に向けた。

「うまく答えられるかな」

「だから雑誌読んで研究してるんですね」と祥子。昼休憩のうちに育実が何冊もの女性誌を読んでいるなんて、これまでにないことだった。

「メイクもしっかりしたいですよね」とあかり。

「輝く女性特集ですから」と祥子。

ふたりに囃(はや)し立てられ、「やめてくださいよ。緊張しますから」と言いながらも、育実は晴れがましい気分だった。

仕事を終えて帰宅すると、育実は雑誌を見ながらメイクの練習に励んだ。仕事柄、ナチュラルメイクを心がけているが、派手めなメイクも嫌いではない。一度、盛り始めると気分がどんどん高揚していった。

　取材の当日、銀座のクリニックに編集者の小百合がカメラマンを連れてやってきた。派手すぎず地味すぎない洗練された私服に、買ったばかりのネックレスを着けた育実は、インタビューでこう語った。

「審美歯科の技術を習得するために、国内のクリニックだけではなく、ニューヨーク大学に留学していろいろな場で技術を学びました。また、父から引き継いだクリニックのために、経営学も学びました」

「歯は全身の健康にも関わるので、とても大切です。患者さんが健康になったり、審美の技術できれいになって喜んでくださることが、私の一番の喜びです」

　育実は今年三十一歳。歯科医としては若いほうだが、三十代になって仕事は忙しいが自分なりに充実しているという実感がある。話は盛り上がり、いつしか予定の時間を過ぎていた。

　その夜、恋人の鳥飼雅也（とりかいまさや）とディナーの約束をしていた育実は、取材を終えると慌ててクリニックを出た。

　待ち合わせ場所に遅れて着いた育実は「雑誌の取材、長引いちゃって」と謝ると、鳥飼の視線がネックレスに注がれていることに気づいた。

「あ、これ、いいでしょ。取材もあったし、買っちゃった」

「……似合うよ」

鳥飼は優しい男だった。不動産会社に勤務している。

育実は初めての取材にすっかり舞い上がっていて「お腹、へった〜。すぐそこだから」と、少し歩いたところにあるレストランへ鳥飼を連れていった。

いかにも高そうな店構えに、鳥飼は「え、ここ?」とひるむ。

「うん、一度、来てみたかったんだ」

「……高そう。俺、給料日前だしさ」

「大丈夫。私、あるから」

育実は先に立って店内へと入る。あとに続く鳥飼が複雑な表情を浮かべていることには気づかず、「シャンパンがいいな。これでいい?」と高価なシャンパンを選んだ。

「え、私だけ?」

「……俺はビール」

育実はようやく鳥飼が居心地悪そうにしているのに気づいた。

「……もしかして、遠慮してる?」

「そういうわけじゃないけど……」

「せっかくきたんだし、たまには贅沢しよ」

ざっとメニューを見て、育実は「よくわかんないからコースでいいよね」と、二種類のコースのうち、高いほうの一万五千円コースを選んだ。

贅沢な料理に舌鼓を打ちながら、シャンパンの酔いも手伝ったのか、育実は饒舌になった。

「銀座のクリニックみたいに、本当は自費治療だけしていたいんだけど、うちのクリニックは経営のことも考えなきゃいけないから、保険診療もやらなきゃいけないでしょ。私、経営は向いてないみたいで。週四日のうちのクリニックより、週二日勤務の銀座のクリニックのほうが、ずっと報酬がいいんだよね。うちは、保険診療メインでやってるから、しょうがないんだけど。報酬少ないっていっても、歯科医にしては、ってことだしね」

それまで聞き役に徹していた鳥飼が、ようやく口を開いた。

「……いっそのこと、銀座のクリニックだけにしたら？」

「それは絶対できない。親から引き継いだクリニックだよ。いろんな思いや地元の患者さんを引き継いでるんだから、手放せるわけないじゃない」

育実は少しばかりきつい口調で、そう主張した。鳥飼は「ごめん」とバツが悪そうだ。

会計は育実がカードで済ませた。

「当たりだったね。きてよかった」と足取りも軽く店を出る育実。対照的に鳥飼は、浮かぬ表情だ。

「久々においしいもの食べた」

「……悪かったな」

「え？」

「いつも安い店ばかりで」

「安いとか高いなんて関係ないよ。安くたっておいしい店、あるじゃない」

「俺は経営のこととかよくわからないし」

「え、何の話？」育実は首をかしげた。

「……何か怒ってるの？」

「怒ってないよ」

「怒ってるじゃない」

するとと鳥飼は悲しそうな顔をした。

「ちょっと待って、私、何かした？」

「何も」

「だったら何？　せっかくおいしいもの食べたのに」

「もう、うんざりだよ」ついに鳥飼が声を荒らげた。

「育実は俺のこと、下に見てるだろ」

「……は？　なんでそういうことになるのよ？」

「そうだからだよ」

　鳥飼はそう言うと、「ちょっと待ってよ」と叫ぶ育実を置いて足早に去っていった。

せっかくの気分が台無しだ。育実は苦い顔をしてその場に立ち尽くした。


　課題発表の日がやってきた。

「では、最後に、シマウマはなぜきれいな白黒のシマなのか、代表の人が発表してください」

　一輝のその言葉を合図に、グループごとの発表が始まった。琴音と龍太郎、巧は、じっと桜を見て、代表になるよう目で促(うなが)す。

「……やっぱり、青山さんが……」と消え入りそうな声で桜は言った。「ほとんど尾崎さんの考えじゃん」と琴音が背中を押す。だが、桜は人前で話すのが苦手だった。もじもじしている桜を見て、琴音は「わかった。いいよ」と、発表役を引き受けた。

まず、別のグループの女子学生が話し始めた。

「白黒のシマは、寄生虫などから身を守る虫除けの効果があると思います。もし、蚊やアブなどの血を吸う虫たちが、白が好きな虫と黒が好きな虫に分かれるとするじゃないですか。そして、その黒好きな虫と白好きな虫が天敵同士だったら、わざわざ隣り合って血を吸ったりしないので、シマウマに寄りつかなくなって、結果、虫除けの効果があると思います」

次は男子学生が、うつむいてボソボソとしゃべりだした。

「赤道直下のサバンナは暑いので、吸収する黒と反射する白で体温調節をしていると思います。例えば、暑すぎるときは、白の毛を立てて、面積を増やして涼しくする。逆に寒いときには、黒の毛を立てて熱を吸収するとか。体温管理は動物の本能だと聞いたことがあります。これも例えばですけど、もし、白と赤だった場合――」

一輝はどの学生の話も、興味深そうに聞いていた。

次の女子学生は語尾を伸ばす独得のしゃべり方で発表した。

「白黒の模様で群れて動くとぉ、ライオンやハイエナの目がチカチカしてぇ、シマウマが何頭いるのかわからなくなってぇ、弱いシマウマもわからなくなってぇ、つまりぃ、ライオンたちを混乱させるために白黒なわけでぇ。弱い者の知恵っていうかぁ……」

一輝は彼女の語尾が伸びるリズムに合わせて頷（うなず）きながら楽しそうに聞いている。

いよいよ桜たちのグループだ。琴音が、桜の考察をよどみなく語り始めた。

「白黒のシマはユニフォームのようなものだと思います。シマウマは目が横についてて横の視界が広いから、一瞬で仲間と敵を判断するため？」

ときどき、桜に助けを求めながら、話を続ける。

「……あ、それと、白黒のシマはチームシマウマのユニフォームだけど、シマウマの種類によって微妙に模様が違ってます。んーと、仲間同士を見分けるのに役立ってて、特に逃げるとき？　ものすごい視野が狭い前を見て逃げるんだけど、お尻の模様を見て、仲間についていきます」

一輝はやはり、楽しそうに耳を傾けている。

すべてのグループの発表が終わると、「みなさん、とても面白かったです」と一輝が言った。それと同時に、終業のチャイムが鳴る。

「はい。今日はここまでです。終わります」

「え、結局、正解は何だったんですか？」

思わず龍太郎が声をあげると、一輝は答えた。

「わかりません」

え？　と固まる学生たちを置いて、一輝は悠々と教室から出ていった。

「わかんねえなら、やらせるなよ。なんのために、こんなめんどくせえことやらされてんだよ」と怒る龍太郎に、巧は「知らね」と呆れ顔だ。

その様子を、鮫島と樫野木が廊下からそっと眺めていた。

「相河先生、困ったもんですね。僕から注意しておきますよ」

「順調だね」

「え？」

「さすが相河先生」

笑顔を浮かべる鮫島の真意が、樫野木にはわからなかった。


同じ頃、一輝の部屋からスマホの着信音が聞こえることに気づいた山田は、一応、「入りまーす」と言いながら部屋に足を踏み入れた。すると案の定、ベッドヘッドの上に一輝のスマホが忘れられている。

山田は思い出した。「歯医者に行く時間にスマホのアラームをセットしてある」と一輝が言っていたことを。

水本歯科クリニックの診察室では、昼休憩の間も育実がパソコンで作業をしていた。昨日の鳥飼の「育実は俺のこと、下に見てるだろ！」という言葉がフラッシュバックして、手が止まってしまう。育実にはわからなかった。なんであんなことを言うのか……。そのとき、隣の休憩室から、昼休み中のあかりと祥子のおしゃべりが聞こえてきた。

「それ、いいじゃない。彼氏にもらったの？」

「はい。ずっと欲しくて。本当は自分で買おうと思えば買えましたよ。彼、学生でお金ないし。でも、こういう特別なものは絶対彼に買ってもらうんです」

育実は思わず作業の手を止めると、耳をそばだてた。

「私がお姫様気分になれるじゃないですか。そうすると、彼も王子様気分になれるんです。彼に気を使って自分で買うと、彼、逆に卑屈になっちゃいますから」

育実は、まるで自分にダメ出しをされているような気持ちになり、心が乱れた。これ以上、その話は聞きたくない。だから、あかりと祥子の話を中断するように言った。

「すみません、患者さんたちに、定期健診の案内、出しておいてもらえますか？」

「え、これ全部ですか？」

あかりがリストを見て不満そうな声を漏らした。

「はい。定期健診にきてくれる人を増やして、リピート率を上げたいから」

「え〜、それってどうなんですか？　今までリピーター、増えたことないですよね」

「だったら、増えるように考えてみてください」

「私がですか？」

「リピーターが増えるかどうかは歯科衛生士次第ってことくらい、わかりませんか!?」

完全に八つ当たりである。わかっていながら感情的になるのを止められない。気持ちを落ち着けたくて、育実は誰もいない場所を探した。この時間なら待合室には誰もいないはず――。

ところが、なんと一輝が座っていた。

「ひゃっ！」と育実がびっくりしたような声をあげる。一輝も驚いて立ち上がった。

「なんでいるんですか？」

「時間に遅れないように。スマホを忘れて――」

まだ一時十分だ。約束は二時だというのに――。頭に血がのぼった育実は、一輝の言い分を聞こうともせず、一方的にまくしたてた。

「常識っていうものがないんですか？　時間を守ることは、人として最低限やるべきことですよね。もし、どうしても守れないなら、連絡を入れる。どうしてそんな簡単なことができないんですか」

一輝の顔に悲しみが滲んだ。先日、予約に遅刻して迷惑をかけたので、遅れるくらいだったら早くきて待っていようと思ったのだが、こんなに怒られるとは……。育実はさらに「なんで黙ってるんですか？」と攻撃的に言う。

「私、間違ってます？」

一輝は目を見開き、小刻みに震え始めた。子供の頃、一輝は大人に「なんでできないの？」と叱られることが多く、心に深い傷を受けていた。育実の厳しい言葉や態度が、一輝のつらい記憶をフラッシュバックさせたのだ。

「帰ります」と告げると、一輝は逃げるようにクリニックをあとにした。

その背中に、育実は「……間違ってませんよね？」と声をかけたが、返事はない。鳥飼も一輝も、なぜ自分に背を向けるのか、育実にはわからなかった。

すっかり落ち込んだ一輝が近くの公園を歩いていると、小さな足音が聞こえてきた。学校帰りの虹一が、一輝の前に立ちはだかる。

「カメの謎が解けたぞ！」

虹一は高揚していた。母親の涼子にも話そうとしたのだ。それなのに、虹一のテストの点が悪いことを気に病んでいる涼子に「そんなくだらないことより、宿題を出しなさい」と冷たくあしらわれてしまった。でも一輝ならきっと聞いてくれる。

一輝は虹一と並んでベンチに腰をかけ、話を聞いた。

「だからカメはウサギに声をかけなかったんだよ」

「えっ、すごい！　僕も同じことを考えてた」

先日、森でジョージを観察したとき、気づいたことだった。

「イエス！」と虹一はハイタッチしようとする。一輝は慣れないながらも、ハイタッチを試みた。

「イエス」

手と手が当たって気持ちのいい音がする。

と、「あ」と虹一が何かに気づいた。その視線の先には、育実が立っている。

「先ほどは、大変申し訳ありませんでした」

育実は真摯に頭を下げた。

一輝は水本歯科クリニックに戻り、抜歯治療を受けた。

「終わりましたよ」とニッコリ告げる育実に、一輝は「……抜いた歯をください」と頼み、またも育実を凍りつかせた。

受付では、あかりと祥子が小声でしゃべっていた。

「相河さんをわざわざ呼びにいくとは思わなかった。まあでも、患者さんによくない印象与えちゃったしね」

「自分のイメージ、書き換えようとしてるってことですか〜？」

確かに育実は笑顔で感じよく振る舞っていた。

「虹一君とお知り合いなんですか？」

「コウイチ君？」

「さっき一緒にいた」

「ああ。この前、ここで知り合いました」

「ずいぶん、楽しそうにしてましたね」

「はい、盛り上がりました。ウサギとカメの話」

「イソップですか？」

「はい」

「へえ、どんなふうに盛り上がったんですか?」

育実が質問しても、一輝は答えない。瞳をうっとりさせて、自分の世界に入っている。

「あの、相河さん?」と少し大きな声を出すと、一輝は唐突に、「先生は、ウサギっぽいですね」と言った。

「……私?」

「はい。帰っていいですか?」

「はい。あ、あの、こう見えて、ウサギじゃないんですよ、私。意外と努力型? 器用じゃないけどコツコツ頑張るタイプで、どっちかっていうとカメですね」

育実は、ウサギは有能という意味に捉えて謙遜したが、一輝が思いがけないことを言いだした。

「コツコツ頑張るのがカメなんですか?」

「……ええ。そうですよね?」

「物語の解釈は自由ですから」

「相河さんのカメは、どういう解釈なんですか?」

「カメは、全然頑張っていません。競走にも勝ち負けにも興味がないんです。カメは道を前に進むこと自体が楽しいんです」

一輝は育実にはわからないことを話し続けた。

「想像してみてください。地面を這いつくばって前に進むカメにしか見えない世界。地面から数センチの世界。そのすばらしい世界を楽しむために、カメはただひたすら前に進むんです。カメの世界に、もはやウサギの存在はなく、寝ているウサギに声をかけなかったのも、そのためです」

そこまで話すと、一輝は「帰ります」と椅子から立ち上がった。

「じゃあウサギは？　ウサギは、どういう解釈ですか？　能力があるのに油断して負ける。違いますか？」

「ウサギは、カメを見下すために走るんです」

「……見下すため？」

「はい。自分はすごいって証明したいんですよ」

一輝の言葉は育実をガツン！と打った。一輝は「帰ります」とすたすた診察室から出ていく。育実は気持ちの収まりどころが見つからず、一輝を追って、待合室を飛び出した。

「私のどこがウサギなんですか!?」

育実の声が待合室に響き渡った。あかりも祥子も、そして次の患者も、ぎょっとして育実を見る。バツが悪くなって、診察室へ戻るが、どうにも納得できない。

何なの……!? 一輝の言葉は、育実の心をざわつかせた——。


歯を抜いた翌日は、一輝の講義がない日だった。

研究室に鮫島がやってきて、「な〜んか今日は静かだね」とつぶやく。樫野木は「人を怒らせる人がいないからじゃないですか?」と言いながら、講義をしに研究室をあとにする。沼袋は「それな」とアリに声をかけた。

樫野木の授業は英語の論文の読み方を淡々と説明するだけで、龍太郎は「つまんねえ。っていうか苦痛」と嘆いた。「うん、つらい」と巧も同意する。学生たちはみな、突っ伏して寝ている。寝ていない学生はスマホをいじっていた。真面目な桜ですら一瞬寝落ちするほどだった。誰も聞いていない講義を淡々と進める樫野木を見ながら、琴音は「楽しいのかな」と薄目になった。

少なくとも、一輝本人はじつに楽しそうに語っている。それに先日のような、サプライズもある。

当の一輝は森に来ていた。抜歯後の痛みなど忘れたかのように、笑みを浮かべて木の実を観察してまわる。木の実にはいろいろな形の食痕が残されている。それを見つけた場所に、一輝は赤い小さな旗を立てていった。いくつもの旗が立った。一輝は集めた木の実を抱えて、森の奥へと進み、古びた小屋にたどり着いた。一輝が今、最も夢中になっている謎を解き明かすために。誰に頼まれたわけでもない、仕事でもない。ただかき立てられるように研究している。その全貌は、のちに明らかになる——。

第2話

「どうして僕は、言われたとおりにできないの？」

あれは二十八年前、一輝が七歳のときのことだ。

授業中に、一輝は飛んできたハエに気を取られて立ち上がり、ふらふらと追いかけて担任の西崎（にしざき）に叱られた。

「何度も言いましたよね。授業中は席から離れるな！」

工房で泣いていると、義高が尋ねた。

「一輝、ハエの足は何本だった？」

「……六本」

「すごい発見だな」

「え？」

「大発見だ」

義高の豪快な笑い声に、一輝の涙は引っ込んだ。そして、いつしかつられて笑っていた——。

森にいると、いろいろなことを思い出す。

歯を抜いたダメージも、一日、森で過ごしたことで少しだけ回復したような気がした。


翌朝。

「おはようございます。痛みはどうですか？」

ダイニングルームにやってきた一輝に、山田が尋ねる。

「まだ痛みます」

「大変ですね」

「山田さんは、歯を抜いたことがありますか？」

「ありませんねえ」

「歯は大切にしてください。歯ブラシの圧は強すぎないように」

「ありがとうございます。今日も軟らかいものだけにしておきます？」

「はい。ピリ辛キュウリはやめておきます」

「お弁当も軟らかいものにしておきますね」

「ありがとうございます」

椅子に座って「いただきま――」と箸を取ろうとして、一輝の動きが止まった。

「あ」

「どうしました？」

「僕のズボン、洗濯しました？」

「どのズボンです？」

「ベージュの」

「ええ洗ってますよ」

山田の返事に、一輝の心はざわついた。

「洗っちゃったんですか？」

「……洗濯カゴに入れてありましたから」

「ポケットに入ってませんでした？」

「何がです？」

「抜いた歯です！」

立ち上がって洗面所に向かう一輝を、山田が慌てて追いかける。

「どうして洗っちゃったんですか！」

洗濯機が脱水するときの騒々しい音が聞こえてくる。一輝は洗濯機の前で脱水が終わるまで待つことにした。

「歯がなくなってたら、山田さんのせいですからね」

「相変わらず人のせいにするのが得意ですね」

山田が嘆息する。

「洗濯する前に、山田さんがポケットの中を見てたら、こんなことにはなりませんでした」

「ポケットなら見ましたよ。いつかみたいにポケットティッシュが入ったまま洗濯して、洗濯機の中が大変なことになったら困りますから」

「見たなら、どうして歯を見つけてくれなかったんですか？」

「歯ですからねえ」

一輝の理不尽な訴えを、山田がのらりくらりとかわしているうちに、ようやく脱水が終わった。一輝は急ぎ洗濯物をかき分けてズボンを取り出すと、ポケットを探る。

「あった！」

山田は安堵した。なかったらどうなっていたことか……。

一輝は機嫌よく出勤していった。

「おはようございます」

研究室のドアを開けると、樫野木がデスクの引き出しの整理をしながら「おはよう」と返す。沼袋はいつものようにアリの観察をしていて、アリに向かって「グッモーニン」と言っている。

「あ！　ヤマアラシのトゲじゃないですか！」

一輝は、樫野木が引き出しの奥から取り出したヤマアラシのトゲを目ざとく見つけて、ぐいと顔を近づけた。

「あることも忘れてたよ」と雑に扱う樫野木に、一輝は「貸してください！」と熱い視線を送る。

「午後の授業で、ちょうど動物園学をやるつもりだったんです」

一輝は樫野木からトゲを受け取ると笑みを浮かべた。

診察を開始する前に、育実はパソコンで予約表をチェックした。十時にやってくる患者の名前は、「相河一輝」となっている。

瞬時に、一輝に言われたことを思い出した。

「先生はウサギっぽいですね」

「ウサギは、カメを見下すために走るんです」

「自分はすごいんだって証明したいんですよ」

たちまち不快感が育実の頭を支配する。うるさいハエを追い払うように頭を揺さぶっていると、あかりと祥子が出勤してきた。

育実は、あかりが手にしたものに目をやった。

「何それ」

「院長に頼まれてた新しいぬいぐるみです」

手を入れて動かせる白いウサギのぬいぐるみで、あかりはそれに右手を入れて、かわいく動かした。

「めっちゃかわいい子に出会えました～」

そういえば、頼んでたっけ。しかし、タイミング悪く、今の育実にとってウサギはあまり快い存在ではなかった。

不快感の源は、十時を過ぎても現れなかった。またか……と思っていると、洗面所のほうから奇妙な音が聞こえてくる。

キッキキッ。

気になって育実が見にいくと、洗面台の前にかがんでいる一輝がいた。

「何してるんですか？」

「あっ！　……びっくりした」

びっくりしたのはこっちのほうだと思いながら、育実は「どうかしました？」と平静を装った。

「音がするんです」

一輝は蛇口をひねって音を出していた。

「……すみません、自動じゃなくて。うちは父の代からの古いクリニックですから」

やはりリノベーションすべきだったかと育実が思案していると、「いらなくなったら、ください」と一輝は言った。

「……何をです？」

「この蛇口です」

「はい？」

「この音、シジュウカラが反応すると思うんです」

育実はとっさに反応できず戸惑う。

「これ、半径三百メートル先のシジュウカラとつながれます」

「すぐに診察室までお願いします。お約束の時間、過ぎてますから」

育実は、あくまで事務的に言うが、一輝の耳には届いていないようで、なおも蛇口から音を出し続けた。キッキッキッ。

「シジュウカラとつながるより、人の話、聞いてください」

育実は一輝を追い立てるようにして診察室に連れていった。

「抜いたところは特に問題ないですね。このあと、ブリッジかインプラント、どうしましょうか。ブリッジの場合、横の歯を二本、削ることになります」

「虫歯でもないのに削るんですか？」

「はい」

納得していない様子の一輝を見て、育実は話題を変えた。

「……そういえば、抜いた歯、持ち帰ってどうされたんですか？」

「集めてるんです」

「集めてる？」

「はい。子供の頃に抜けた歯も全部とってあります」

「珍しいですね」

「先生はどうするんですか？」

「乳歯は、上の歯は下に、下の歯は屋根の上に投げるんですよ」

「それ、誰が決めたんですか？」

「さあ、昔から、そうするものですよね」

「誰が決めたかわからないことをするのは、不思議です」

「虫歯をとっておくのも十分不思議だと思いますよ。では、今後の治療のこと、一度考えてみてください」

一輝を見ると、その瞳は自分の世界に入り込んでしまっているようだ。「……相河さん？」と呼ぶと、一輝はハッと我に返り、

「どうして虫歯は虫歯っていうんですか？」と尋ねて育実をひるませた。

「どうして悪くなった歯を虫歯っていうんですか？」

歯科医をやっていながら、育実はそんなこと考えたこともなかった。少し動揺しながら、

「……昔の人は、虫が歯を食べたとでも思ってたんじゃないですか？」と曖昧に回答すると、「それ、どういう虫ですか？」と一輝はしつこい。

「知りませんよ」と育実はそっぽを向いた。

隣の診察台では、あかりが女児の歯のクリーニングを行っていた。作業を終えたあかりは、ウサギのぬいぐるみを操りながら、「お口の中、きれいになりました～」と女児をあやす。「は～い」と女児はご機嫌だ。

「ねえねえ、ウサギはどうやって鳴くの?」と女児があかりに尋ねる。

「ウサギは……ん?」。答えが見つからず、あかりは首をかしげながら「……あ、動物の先生に聞いてみようね」と、椅子から降りて帰ろうとしている一輝に話を振った。

「相河さん、ウサギって鳴くんですか?」

一輝は専門分野とばかりに、よどみなく答えた。

「人間のような声帯はありませんが、鼻を鳴らしたり、食道を狭めたりして音を出すので、それを鳴き声と呼んでいます」

「どんな鳴き声ですか?」とあかり。

「嬉しいときは、ブーッブー。怒っているときは、ブーッブー」

「同じじゃないですか」

育実は鼻で笑ったが、一輝は「全然違います」と心外だという顔をした。


歯科治療を終えた一輝は大学に戻ると、午後の講義に向かった。

「今日は、授業を変更します」と言って、袋の中からいろいろな形態のバードコールを出して机の上に並べ始める。その姿は、妙にいきいきとしていた。

「歯医者に行ったら、水道の蛇口がキッキキッキッと音がしたんです。シジュウカラが反応する音で、バードコールになると思いました」

　樫野木から借りたヤマアラシのトゲのことはすっかり忘れていた。

「これらのバードコールを鳴らすと、鳥たちが鳴き返してきます」

　一輝は笛をひとつ手に取って、「このバードコールは、何の鳴き声だと思いますか？」と学生たちに向かって問いかけた。しかし、反応はない。ほとんどの学生はいつものように寝ているかスマホを見ているかで、真面目に聞いているのは桜くらいだった。が、「ケーンッ」という独特な声がして、琴音と巧はスマホの画面から一輝に視線を移した。

「キジです」

　次に一輝が吹いた笛からは「カアーッ」というカラスの声のような鋭い音が響き渡った。熟睡していた龍太郎も驚いて目を覚ます。

　ようやく集中した学生たちに、一輝が伝えた。

「次回の授業は野外調査を行います」

　フィールドワーク——。一輝が最も好きな活動だった。それを翌日に控え、一輝は準備に余念がない。研究室の空いたスペースに新聞紙を敷き、直径三センチほどの枝をノコギリで十センチ間隔で切っていると、樫野木がやってきた。

「あのさ、この前貸したヤマアラシだけどさ――」

「樫野木先生、黒ペン貸してください」

一輝が自分の質問に答えないものだから、樫野木は「……貸さないよ」と意地悪を言った。だが、一輝は樫野木の気持ちも知らず、「ケチですね」と返して、樫野木をあぜんとさせた。

「ドンマイ」。沼袋がアリに向かって声援を送っている。

一輝は切り終えた枝にヤスリをかけ始める。鼻歌交じりの楽しそうな一輝を見て、樫野木は「フィールドワークなんて、誰も喜ばないよ」と言った。

「僕が喜んでます」

「うちには、生物を学びたい学生なんていない。みんな、単位取れればそれでいいんだから」と樫野木が白けた顔をする。研究室の空気が重くなったところに、鮫島が陽気な声で入ってきた。

「ねえ、ニュース見た？」

「あ、はい！　ネイチャーのニュウドウカジカですよね？」

出世を狙う樫野木は、鮫島には愛想がいい。

「おしどり夫婦、離婚」

「……あ、はい、見ました！　性格の不一致」

「もったいないねえ。夫婦は性格が合わないほうがいいのに」

樫野木は意味がよくわからないながらも、「……ですよねえ！」と媚びる。

一輝はヤスリをかけながら「樫野木先生は、どうして離婚したんですか？」と聞いた。

触れてほしくない話題を持ち出されて、樫野木の顔がこわばる。

「グッジョブ」とアリに顔を向けたまま沼袋がつぶやく。

またしても場の空気が悪くなりかかったが、鮫島が「あ、フィールドワーク？」と一輝の作業に気づいて声をかけた。

「人気ないんだよねえ」と鮫島が言うので、樫野木が我が意を得たりと「そうなんですよ」と言いかけると、鮫島が、「行ってきてよ。ワイワイ楽しくさ」と一輝の背中を押すではないか。そのうえ、鮫島は「で、樫野木先生は、どうして離婚したんだっけ？」と蒸し返してきた。

「ダブル、グッジョブ」。沼袋が声をあげる。

どうしてこの研究室の人間はどいつもこいつも空気を読まないんだ、と樫野木は奥歯を噛みしめた。

実際のところ、翌日のフィールドワークを楽しみにしているのは、一輝くらいである。学生たちにとっては試験と同様、心の負担になっていた。

「明日かよ、フィールドワーク」などとぶつくさ言いながら、琴音と龍太郎、巧がカフェに立ち寄ると、桜がひとりで食事をしていた。琴音が「ここいい？」と尋ね、三人は桜に合流する。

「休みの日に、なんでわざわざ行かなきゃなんないんだよ」と龍太郎が不満を漏らす。

「行かないの？」と琴音が聞く。

「行くよ。授業四コマ分の出席もらえるから」

「尾崎さんは、好きそうだよね」と琴音が振ると、桜は曖昧に微笑んだ。

先日、グループ発表で同じ班になったとはいえ、まだそれほど打ち解けたわけではない。桜は、「……あ、これ、よかったら」とコンニャクゼリーをそっと差し出した。琴音と巧は素直に受け取ったが、龍太郎だけは「俺はいい」と受け取らない。

フィールドワークの準備に熱心な一輝は、大学の近所にあるホームセンターに出かけた。ネジ、紙コップ、糸などを買い込み、自転車で大学に戻る途中、公園で遊んでいる虹一に気づいた。

ふたりは改めて、自己紹介をした。

地面に、一輝は「一輝」と、その横には虹一が「虹一」と書いた。

「虹一君のコウは虹なんだね」。一輝は、虹一が描いた虹色をした甲羅のカメの絵を思い出した。

虹一は一輝の〈一〉と虹一の〈一〉をマルで囲むと、「仲間！」と嬉しそうに声をあげた。

「そうだね」と、二つの名前を感慨深そうに眺めるうちに、一輝は、虹が虫へんであることに気づいた。

「どうして虹は虫へんなんだろう」

ふたりは、空にかかる虹をイメージする。しばらくして虹一が、「わかった！　虫が歩いていく橋だからじゃない？」とひらめいた。

虹一の頭の中に、カブト虫、クワガタ、バッタなどの虫たちがぞろぞろと、虹を端から端へ歩いて渡るイメージが湧きあがった。そのビジョンは一輝を魅了した。

「なるほど、きれいですね。虹一君の考えることは、面白いです」

そう言われて、虹一も満足そうに微笑んだ。

「あ」

ふいに、一輝はスマホを取り出し、山の模型の画像を開いた。それは、一輝が慣れ親しんでいるあの森のある山の模型だった。

「この山には謎がある」

「どんな謎だ」

ふたりはまたもや芝居がかったしゃべりを始める。まるで、ふたりにとっては謎解きを始める儀式であるかのように。

「この印は、リスが木の実を食べた跡がある場所だ。ここから先は、リスが木の実を食べた跡がない。つまり、リスがいないってことになる。どうして、ここから先はリスがいないのか、その謎を解き明かせ」

「了解！」

リスのいる場所といない場所の違いは何か。これが今、一輝が最も興味を惹かれていることだった。時間を見つけては山の森に出向き、リスの行動を調査している。この楽しみを虹一と共有できることが心から嬉しかった。

そこへ、「何してるの？」とふたりの話を邪魔する声がした。涼子が直樹を連れて心配そうに立っている。

「こんにちは」と一輝が人懐っこく微笑み、涼子も「こんちには」と返すが、その目は警戒心に満ちていた。すぐさま、虹一に「帰るよ」と促す。だが、虹一は「まだ遊ぶ」と言って聞かない。涼子は一輝にやんわり断った。

「……せっかく遊んでいただいているのにすみません、知らない方とは遊ばないよう教えているので」

「僕は相河一輝です。虹一君とは、水本歯科クリニックで知り合いました」

一輝が名乗っても、涼子の目はまだ厳しいままだ。

「都市文化大学で講師をしています」とさらに情報を加えた。

「……大学の先生なんですか？」

「はい。今年の四月から動物の授業を担当しています」

それでも涼子は警戒心を解かず、「……息子がお世話になりました。失礼します」と、虹一の手を引っ張って行ってしまった。

名残惜しそうに振り返る虹一に、一輝は手を振った。

「前、向きなさい」

涼子は小声で注意し、虹一と直樹の手を取ると、速足で歩く。そこには一刻も早く、一輝と引き離そうという気持ちが滲み出ていた。

「いい？　本当に大学の先生かどうかわからないんだから、知らない人と、気安く話すんじゃありません。何かあったらどうするの？」

気を取り直して、一輝が研究室に戻ると、熊野が「相河先生！」と、例の鬼の形相で近づいてくる。

「何してたんですか!?」

「フィールドワークの準備です」

「何の準備ですか？」

「フィールドワークです」

「何の準備ですか？」

「しつこいな」

「しつこい。なるほど」

しつこいと言われても、熊野は執拗に、「何の準備ですか？」と尋ねる。

「ですからフィールドワークの──」

「フィールドワークの届、出てませんよ！」

一輝は目を丸くした。

「いるんでしたっけ？」

「いります！　たまたま学生たちが話しているのを聞いて、気づいたからよかったものの困ります。ルールはきちんと守ってください！　いいですね！」

熊野はガミガミ言うと、研究室を出て行った。

四角四面で融通の利かない熊野と、マイペースの極致の一輝。まるで天敵同士だ。ふたりの攻防がうるさくて論文に集中できない。樫野木はたまりかねて、鮫島に相談することにした。

思いつめた顔で教授室を訪れた樫野木を、鮫島は機嫌よく迎えた。

「相河先生は、ここにくる前、野外調査であちこち飛び回ってたんですよね？」

「そうそう」

「そっちのほうが向いてるんじゃないですか？　相河先生、ここじゃ窮屈で大変そうですし」

「そうなんだよねえ」

「はい」

「でも、あいつがいると、面白いからさ」

そういう問題ではないと、樫野木が眉間にシワを寄せると、

「ま、なんとかなるよ。面倒見のいい樫野木先生もいてくれるし」

「え？」

「な」

「……ああ、はい」

鮫島には不思議な魅力があって、ニコニコしながら、こんなふうにいつも人を丸め込んでしまう。樫野木もそれ以上は何も言えなかった。

魔法にでもかけられたようになった樫野木が教授室から出てくると、一輝はバードコールをいくつも作っていた。

樫野木は少しばかり改まって声をかけた。

「相河先生さ、一度、飲みにいかない？」

「どうしてですか？」

「……僕は上司みたいなものだから、親睦会でも――」

「いきません」

ぴしゃりと断られた樫野木は、めまいを覚えた。鮫島の期待に応えようと、せっかく歩み寄ったのに……。

「ドンマイ」

沼袋がアリに向かってねぎらう声がした。

帰宅して夕食を済ませると、一輝はすぐに自室にこもってバードコールを作り続けた。

途中、山田が桃をむいて持ってきて、話し始める。

「さっき、大河原さんから電話があって、一度断ったはずなのに、また晩ごはん食べにいこうって言うんです」

「僕も断りました」

「え？」

「樫野木先生に飲みにいこうって言われました」

「……一輝さんが、そういうのに興味がないのもわかりますけど、一度いってみて、お話しするのもいいかもしれませんよ」

「歯医者には、人の話、聞いたほうがいいって言われました」

「……歯医者さんが？」

「はい。ああいう感じの女の人は苦手です」

女の先生と聞いて、山田は「いくつくらいの？」と少し期待を寄せて聞いてみた。

一輝はちょっと考えてから、「……山田さんよりは若いです」と答えた。

「……五十？　四十？　三十？」

「山田さんよりは若いです」

「……そうですか」

　これ以上、女性歯科医の話を聞いても無駄だと悟った山田は、一輝の目下の興味の対象であるバードコールに目をやった。

「たくさん作ってるんですね」

「学生たちの分です」

「一輝さんが大学の先生になるなんてねえ」

　山田はいくつもできあがったバードコールを愛でるように眺めた。

「明日、お弁当、忘れないでくださいね」

「はい、まだ軟らかいもののほうがいいですよね？」などと言いながら部屋を出ようとして、山田はゴミが溢れていることに気づいた。「……ちょっとそのへん、片付けましょうか」と遠慮がちに言ってみるが、案の定、一輝は「触らないでください。自分でやりますから」と拒絶する。山田は「……はい」とあっさり諦めて出ていった。こういうときはしつこく言っても無駄だと長年の経験でわかっているのだ。

　人数分のバードコールを作り終えた一輝は、フィールドワークに持っていく荷物を詰めてから、ベッドに入った。

寝る前の儀式――仰向けになって天井を見て「いー」と言うと、目を閉じた。

翌日。フィールドワークの集合場所に、桜、龍太郎、巧をはじめ、学生たちが続々と集まってくる。琴音はまだいない。しばらくして、「おはよう」とやってきた琴音に、桜はのけぞった。鮮やかな色のミニスカートからむき出しになった脚に、オシャレなスニーカーを履いている琴音に、「その格好で行くの？」と確認する。すると琴音は「このあと、約束あるから」と、あっけらかんと答える。

その会話を少し離れたところで聞いていた巧は「え、男かな」とニヤけた。「さあ」と龍太郎がとぼけるので、「気になる？」とからかう。

「は？」と龍太郎はムキになった。

そこへ、帽子、マウンテンパーカ、チノパン、トレッキングシューズ……とフィールドワークのお手本のような完全装備で一輝が現れた。

巧は一輝の格好と琴音を見比べて「そりゃフィールドワークなめてるわ」と苦笑する。

一輝も琴音に目を留め、「脚、出てますね」と言って、リュックの中から雨具のズボンを取り出し、琴音に穿くように促した。少し歩くと、オシャレスニーカーはたちまち泥まみれになった。「やだ、ホントなめてた、私」と、琴音は泣きだしそうだ。

「だいたいフィールドワークって、何すんだよ」と不服そうに言う龍太郎に、「知らね」と巧も興味がなさそうだ。

「鳥や動物の観察をするんだよね?」と琴音は桜に聞いた。

「うん」

「動物ってどんなんだよ—」と、不意に不安になり周囲を見渡した龍太郎が、「ギャー!」と叫んだ。「どうしました?」と先頭を歩いていた一輝がやってくる。「ヘビ!」と龍太郎が指さしたものを一輝が確認すると、それはクネクネした枝だった。

しばらく山道を歩き、開けたところに着くと、一輝は「ではみなさん、これから一時間、自由に観察してください。バードコールを作ってきたので、使ってください」と、全員に手渡す。

「始めてください。一時間後にここに集合です」

そう言うと、一輝はひとりでどこかへ行ってしまった。

「これもバードコール?」と龍太郎は手のひらにのった、円柱形で先にねじのようなものがついた器具を眺めた。

「知らね」と巧。

「どうやって鳴らすの？」と琴音が桜に尋ねると、桜は慣れた手つきで、ねじを回して音を出した。それぞれ違う鳥の声がする。

琴音たちも見よう見まねで鳴らしてみたが、森はシーンとしている。

「鳥なんて鳴き返さねえじゃん」と龍太郎が白けた調子でぼやく。

「疲れた」と巧はしゃがみこんでしまった。

琴音が「あれ？」と素っ頓狂な声をあげた。

「チャームがない！　やだ、どっかで落とした。捜してくる」

バッグにつけていたチャームがなくなりショックを受けた琴音は、今きた道を小走りに戻っていった。「捜してやれば？」と巧に促されたが、龍太郎は「なんで俺が」とそっぽをむく。


幸いチャームはすぐに見つかった。拾って顔を上げると、茂みの向こうに一輝がいて、窪地のようなところでせっせと何かを作っている。

「何してるんですか？」と声をかけても、一輝は答えない。

「……え、何？　無言？」琴音の言葉に、一輝は「内緒です」とにっこり笑った。

その笑顔がなかなか素敵で、琴音は不覚にもドキリとして、チャームをきゅっと握りしめた。

「言おうか迷いましたが、あとのお楽しみです」

いたずらっぽく笑って作業を続ける一輝を見て、「……子供みたい」と琴音は呆れたような、なんだか興味を惹かれるような……不思議な気持ちになった。


約束の一時間が経過して、当初の場所にみんなが戻ってきた。

「どうでしたか？　楽しめましたか？」と尋ねる一輝に、巧は「鳥の声なんか聞こえませんでした」と口を尖らせる。

「もう一度、やってみてください」と一輝に言われて、みんなはしぶしぶネジを回す。

「何も聞こえねえ」と龍太郎はすっかりやる気をなくしている。

「目を閉じて、よく聞いてみてください」

言われるがままに全員、目を閉じてみる。

「何が聞こえますか？」

「セミ」と琴音。

「ほかには？」

「なんも」と龍太郎。

「風や葉っぱの音が聞こえませんか？」

「鳥じゃねえのかよ」と龍太郎がツッコミを入れると、琴音も巧も笑った。

もう一度、心を落ち着けて耳を澄ます。

ついに鳥の鳴き声がした。

「おっ!?」と龍太郎のテンションが上がる。みな、鳥を確かめたくて一斉に目を開けた。

「なんの鳥？」と琴音が聞くと、「今のは僕です」と一輝が笑った。

一輝の手には、学生たちと同じバードコール。それを一輝が動かすと、はっきりと鳥の鳴き声がした。同じバードコールとは思えない。驚いていると、頭上から鳥の声が聞こえた。「今度は本物!?」と琴音が目をこらす。「マジか」と巧も鳥の姿を追って、頭上の木に目をこらした。

一輝はまたもネジを動かす。その音に、本物の鳥が一斉に反応する。「半径二百五十メートル以内にシジュウカラが三羽います」と一輝が断言した。

「……マジで？」と巧は半信半疑。龍太郎も「適当に言ってるんじゃね？」と疑いの眼差しを一輝に向ける。

再び鳥の声がした。

「今のはゴジュウカラ」

「どこが違うの？」と琴音が聞く。

「警戒してますね」

「絶対適当だって」と龍太郎は信じない。

一輝はおかまいなしに、巧みにバードコールを操り、別の鳴き声を出す。今度はまた違う鳥が反応する。

「ヤマガラもいます。オスがメスに告白しています。このあと、まちがいなく交尾ですね」

一輝の真面目な言い方に、学生たちは、どうリアクションしていいか戸惑っていると、

「冗談ですよ。この時季は交尾しません」と、また真面目な顔で付け足した。

「笑えねえし」と龍太郎は渋い顔だが、琴音は「なんかウケる」とはしゃぎ、桜もちょっと笑った。

一輝は、何度かバードコールを鳴らし、鳥と交信して、「機嫌、直りましたね」と満足そうに微笑むと、「では、次に行きましょう」と歩きだした。

一輝がみんなを案内したのは、何かを作っている一輝と琴音が出くわした場所だ。

木と木の間に糸が何本か張られ、そこに紙コップが通されて、立体的な譜面のように

見える。これは、糸を擦るとコップがスピーカーの役割を果たし、音を発する「ストリングラフィ」というものだった。

「糸電話の仕組みを使って、音を出せるようにしました」

「えー、これで?」

琴音は信じられないという顔で、糸と紙コップを見つめた。

「鳥ではなく、動物の鳴き声を出してみます」

「なんの動物ですか?」と巧が聞く。

「わかりません。これは僕も初めてですから。やってみましょう」と、糸を擦って音を出し始めた。

「なんの声だよ」と巧は首をかしげる。

「タヌキっぽいですね」

面白そうなので、琴音も鳴らしてみた。

「先生、これは?」

「……思い当たる動物がいません」

「なんだ」

一輝がまたも音を出して「これ、シカのオスですね」と言った。

「オスとメスじゃ違うんですか?」と琴音。

「違います」と一輝は、オスの音を出した。すると、似たような鳴き声が森の奥から聞こえてくる。

「七百五十メートル先にオスが一頭いますね」

別の方角からもシカの鳴き声がする。

「あっち、四百五十メートル先に、もう一頭います」

「シカとか来ちゃったら、どうするんだよ!?」

少しばかり不安になる龍太郎に、桜が「シカは草食だから」と励ます。

「別にビビってないし」と虚勢を張る龍太郎をからかおうと、琴音が「ヘビ!」と脅した。おびえた龍太郎が跳びはねる。あはは……とみんなが笑い声をあげた。いつのまにか学生たちは、フィールドワークを楽しいと感じるようになっていた。

そのとき、一輝のスマホのアラームが鳴った。

「今日の授業は、ここまでです」

学生たちは名残惜しそうな顔をしたが、おとなしく帰路についた。

「オスのシカが二頭いましたね」とフィールドワークの成果を反芻しながら一輝が歩きだすと、茂みの奥でカサカサッとかすかな音が聞こえた。一輝だけが足を止めて振り返る。何も見えないが、一輝はニッと口角を上げた。

「音出すと、ホントに鳴き返すんだね」

「うん」

琴音と桜は感動に浸っていた。

「ただの偶然じゃゃね」と龍太郎は素直になれないでいる。

「それは無理あるだろ」と巧がたしなめた。

そこに後ろから追いついた一輝が「メスも一頭いました」と明るい声を出した。「見たんですか?」と桜が聞くと、「いえ、でもいました」と一輝は胸を張る。

「意味わかんね」と龍太郎は仏頂面になる。

満足そうに余韻に浸る一輝の横顔を、琴音はじっと見つめる。

一輝たちの気配に気づいたのか、少し離れたところでメスのシカがピクリと顔を上げた。


同じ頃、育実は銀座のクリニックでの勤務を終えて帰宅するところだった。取材を受けた雑誌が発売され、クリニックの院長に褒められた育実は、上機嫌でスーパーに立ち寄った。

スマホでクイック料理を検索しながら、カゴに入れていく。普段、自炊をほとんどしないので、どこに何があるのかすぐには見つけられず手間取ったが、ようやく必要なものが手に入った。

なぜ育実が料理をする気になったかというと、久しぶりに鳥飼と会うからだ。

鳥飼とはフレンチレストランに行ったあの日から、音信不通になっていた。育実のほうからＬＩＮＥで連絡をして、この日に会うことになったのだ。鳥飼の気持ちを考えて、今回は育実の家で手料理を振る舞うことにした。

スマホで作り方を見ながら、慣れない手つきで何品か同時並行で作っていく。と、インターホンが鳴った。

あたふたとリビングを突っ切ると、育実の記事が載った雑誌がテーブルの上に出しっぱなしになっている。鳥飼には見せないほうがいいような気がして、マガジンラックのほかの雑誌の間に紛れこませる。

精いっぱいの笑顔でドアを開けると、鳥飼も微笑んでいた。ふたりともややぎこちない笑顔ではあったが、お互い、仲直りしたいという意思を感じた。

「……おなか、減ってる？」

「うん」

「もう少しでできるから」

「何、作ってるの？」

「ハンバーグとポテトサラダと野菜スープ」

鳥飼がキッチンのほうを見ると、料理器具や食材がとっちらかっている。

「……大丈夫？」

「手際は悪いけど、手先は器用だから」

「歯医者だもんな」

先日の喧嘩を蒸し返しそうで、育実はそれには答えずキッチンに戻ると、料理を仕上げてリビングのテーブルに並べた。

「うん、なかなかいけるよね？」と育実。

食べながら鳥飼も「うん、おいしい」と答える。

「作るの時間かかりすぎだけど」

「でも、どうしたの急に」

鳥飼に聞かれて、育実はこれまで言えなかったことを口にした。

「……本当は、ずっとこういうふうにしたかったんだよね。仕事がずっとバタバタしてて、落ち着いたら、うちでごはん作って食べたいなって思ってて。でも、落ち着くの待ってたら、いつになるかわからないから」

「……そっか」

「……うん、実は、料理教室にも入会したんだけど、一回も行ってない」

「……そっか」

「……うん」

会話が弾まない。育実が無理をしていることがわかって、鳥飼は気まずそうにしている。沈黙を破るように、鳥飼が「……あ、雑誌、どうなった?」と聞いた。

「……ああ、まだ出てないみたい」と育実はとっさにごまかす。「……いつって言ってたかな……」——しかし、鳥飼は黙っている。

ふたりは、ぎこちないまま食事を終えた。

「よかった。全部食べてもらえて」

「ホントにおいしかったよ」

育実が食器を下げながら、「コーヒー淹れるね」と言った。だが、鳥飼は、もう帰るからと席を立った。

育実は、引き留めたいのに言葉にできず、帰り支度をする鳥飼をただ見つめていた。

「じゃあ」

「……うん、またね」

「……気、使わしたみたいだな」。鳥飼がポツリと言った。

「……え、料理のこと？　全然。料理はずっとやりたかったって――」

「雑誌、読んだよ」

鳥飼の言葉に、育実は絶句する。

「すごいよ、育実は」

そう言って帰っていく鳥飼の後ろ姿が小さく見えて、育実は追いかけることができない。キッチンの洗い物が虚しく見えた。


フィールドワークを終えて学生たちと別れた一輝は、ひとり森に戻ると、義高の工房に向かった。今日は工房に泊まるつもりだ。

土間を上がったところの生活空間に布団を並べて敷きながら、一輝は近況を報告する。

「熊野事務長には、怒られてばかりだけど、ほかには特に嫌なこともないし、学生と行くフィールドワークもけっこう楽しかった」

「そうか」

「じゃあ、お休み」

一輝はすぐに布団に入った。前日は遅くまでフィールドワークの準備をしていたから疲れていた。

「お休み」と、義高が電気を消そうとすると、一輝が「いー」と声を出した。

義高は手を止めて、目を閉じた一輝の顔をしげしげと眺める。

少しして、「何？　電気消さないの？」と一輝が目をぱちりと開けた。

「今の、なんだ？　いーって」

「おじいちゃんが幼稚園のとき、教えてくれたんだよ。寝る前にやると、嫌なこと忘れて、朝、気持ちよく目が覚めるって。忘れたの？」

「いや」

「早く電気消して」

「まだやってたのか」

義高は笑いながら、電気を消した。

「いー」

一輝はもう一度声を出すと目を閉じた。やがて、すうすうと安らかな寝息が聞こえてきた。

　数日後の朝、一輝が大学に行こうとしていると、山田が遠慮がちに話しかけてきた。

「ずっと断り続けてたんですけど、大河原さんが、また食事しようって。それで、今夜、焼き肉を食べに行くことになりましたから」

「焼き肉、いいですね」

「だから、一輝さんも外で食べてきてください。ほら、この前誘ってくれた先生、なんでしたっけ、ほら……栗野木？　じゃなくて……柿野木」

「惜しいです」

「え……あ！　桃野木！」

樫野木だけれど、一輝は訂正しないで家を出た。

大学の中庭で、桜と琴音がバードコールを鳴らす練習をしていると、龍太郎と巧がやってきた。

「何してんだよ」。見ればわかるが、龍太郎は一応聞いてみる。

「相河の真似。できないけど」と琴音はネジの動かし方を試行錯誤しつつ音を出していた。しかし、肝心の鳥が鳴き返してこない。

そこへ鮫島が近づいてきた。

「君たち、フィールドワークどうだった？」

「相河先生が面白かったです」と琴音は真っ先に言い、みんなに「ね」と同意を求める。

「……はい」と桜は素直に頷いたが、龍太郎と巧はしぶしぶという感じだ。

「そうなんだよ。面白いだろ？　相河先生は、面白がる天才だから、見てて飽きないんだよ」

鮫島は学生たちの反応を見て満足そうにニコニコしている。

通りかかった樫野木が、面白くない顔をして立ち去った。

鮫島は、一輝の作ったバードコールを桜から借りて鳴らす。驚くほどきれいな鳥の声がした。「シジュウカラか」

「スゴ……」。龍太郎は呆気にとられた。

「上手ですね。当然か」。琴音が尊敬の眼差しを向ける。

「俺の音は、相河先生より、ちょっと渋くない？」と鮫島が楽しそうにバードコールを鳴らし続けた。


大学の講義を終えた一輝は、帰りにいつもの公園に立ち寄った。虹一に話したいことがあるからだ。

「新事実!?」と聞いて、たちまち虹一の顔が輝く。

「森の中には、人間が作った道があるんだけど、ちょうど道から向こうにリスがいないことがわかった」

「リスはその道を渡らないってこと？」

「イエス」

「イエス」

ふたりはハイタッチをする。一輝もだいぶハイタッチが板についてきた。

「渡らないのか渡れないのか、それも謎だ。道ができたところは木と木の間が離れてるから、枝をつたって向こうに行くことはできない」

一輝は熱心に話を聞いている虹一に、「虹一君ならどうする？」と尋ねた。

虹一はしばらく考えて、

「橋！　木と木をつなぐ橋を作ればいい！」と利発そうな声をあげた。

「イエス！」

「イエス！」

ハイタッチは軽やかに決まった。

虹一と別れた一輝は、スマホで飲食店のレビューサイトを使って、よさそうな店がないか探し始めた。今晩は山田が例の大河原さんと食事に行くので、ひとりでなんとかしないとならない。メニューや店内の写真を見て、検討を重ねる。選んだのは、「おひとりさま」ＯＫの焼肉店だった。

店は清潔感があり、女性客も目につく。店員に案内された一輝がテーブルに座ろうとすると、偶然にも、隣のテーブルに育実が座っていた。育実は一輝には気づかず、一心不乱にメニューを見ながら注文していた。

「タン塩、ロース、カルビ、ハラミ、シェフサラダ、キムチ、ナムル、豆腐チゲ、ユッケジャンスープ、あと冷麺をお願いします」

「冷麺は、いつお持ちしましょうか？」

「でき次第で」

「かしこまりました」

育実がメニューを置いたのを見計らうと、一輝は声をかけた。

「こんばんは」

育実はギョッとなった。「何してるんですか？」

「焼き肉を食べにきました」

「……びっくりした……」

なりゆきで、ふたりは並んで焼き肉を食べることになった。

育実のテーブルに並ぶビールと肉とつまみの数々。一輝のテーブルには、ウーロン茶と肉、野菜、オイキムチ、ビビンバなどが並んだ。

一輝はまずオイキムチから食べ始めた。

いい音を立てて、おいしそうにオイキムチを食す一輝を見て、「……夜は、いつも外食なんですか？」と育実が尋ねた。

「いえ、家で食べます」

「……そうなんですか」

「やっぱりキュウリは、山田さんのピリ辛キュウリが一番です」

「山田さん？」

「家政婦の山田さんです」

一輝は焼けた肉を、きれいな箸さばきで皿に取り、とても嬉しそうに食べ進める。育実は一輝の存在に落ち着かない気持ちでいたが、一輝は育実の存在などまったく気にしていない様子だ。一輝には肉しか目に入っていなかった。

「……そんなに好きなんですか？　焼き肉」

一輝はふと箸を止めた。

「ものすごく嬉しそうに見えますよ」

「嬉しいです。完全復活ですから」

「完全復活？」

「歯を抜いてから、痛くておいしく食べられませんでしたが、やっと食べられるようになりました。歯ごたえを感じながら、咀嚼筋もしっかり使って、好きなだけ食べられます」

一輝はもりもり肉を頬張り、しっかり顎を動かして味わっている。歯科医の目から見てもいい歯の使い方をしていた。

「……ホンッとに幸せな人ですね」

「先生だって、食べてるじゃないですか」

「はい。でもストレス解消ですから」

育実はちょっと自虐的に笑った。

「食べたいから食べてるんですよね？」

「だから、ストレス解消です」

「食べたいから、ストレスを言い訳にして食べてるんですよね？」

「違います。ストレスを解消したいから食べてるんです。どっちでもいいですけど」

これ以上言うと自己嫌悪に陥るだけなので、育実はこの話を切り上げたかった。

「ストレスって、どんなストレスですか？」

「え、それは……相河さんにお話しするようなことじゃ」

育実が声を落とすと、一輝は「いろんな患者さんがいるんでしょうね」とわかったような口を利く。

「あなたが言います？」

育実が少しばかり嫌みなトーンで言うが、一輝は無視して肉を焼く。

もういいや、と育実も肉を焼いていく。

ふと、育実の頭に鳥飼のことが浮かんだ。

「すごいよ、育実は」と去っていった鳥飼。

次に、一輝に言われた「先生はウサギっぽいですね」「自分はすごいんだって証明したいんですよ」という言葉が浮かんできた。

「……あの……あれって、どういう意味だったんですか？」

思い切って聞いてみた。

「前におっしゃってましたよね？　私のこと、どっちかっていうとウサギだって」

「ウサギ？」

「ウサギとカメ」

「いつ言いました?」

「歯を抜いたときです」

「痛かったことしか覚えてません」

「覚えてないんですか?」

「はい。僕にとってどうでもいいことは、すぐ忘れるって、よく言われます」

どうでもいいこと……。育実はそれについて長く悩んでいたというのに……。カチンときたが顔には出さないようにして、

「そうですよね。私も相河さんのフィールドワークでしたっけ? そういう話、すぐ忘れますから」と軽く仕返ししてみた。

ところが、一輝は育実の皮肉を意に介さず、

「この前のフィールドワークでは、シジュウカラとゴジュウカラとヤマガラと話せました」と顔をほころばせる。

「話せたって」

育実の声は小バカにしたニュアンスを秘めていたが、一輝がそれに気づいた様子はない。

「バードコールを鳴らすと鳴き返してくれるんです」

「それって、話せたわけじゃないですよね」

「いえ、話しましたよ」

「そんな証拠、どこにあるんですか？」

育実はついムキになった。

「思い込みなんじゃないですか？」

畳みかけるように言うと、一輝は「そうですね」と答えた。

「意外とあっさり認めるんですね」

「リスたちには、何か思い込みがあるのかもしれません」

「リス？」

「道の向こうにリスたちが行かなくなったんです。たった三メートルの道幅なんですけど」

「リスじゃなくて」

「道を渡らないのか渡れないのか、どっちだと思います？」

一輝のテンションはどんどん上がっていく。

「どんな橋を作ろうか、今、いろいろ考えてるんです。道の上のほうに、木と木をつないで。あ、わかります？　道がこうあって――」

「要は、リスを渡らせたいってことですよね」

ウサギの次はリスか……育実はどうでもいい話だと、辟易していた。

「いえ」と一輝は首を振った。

「渡るか渡らないかはリスの自由です。ただ、向こう側に行ける方法があるよってことを、リスたちに見せるんです。結果として渡ってくれたら……嬉しいですけど。いえ、ものすごく嬉しいです」

一輝はリスが橋を渡る光景を想像して瞳をキラキラさせる。あまりの価値観のズレに、育実は投げやりに言った。

「いいんじゃないですか？　リスたちと楽しくやれば」

「僕は人となかなか仲良くなれませんから」

「え、わかってるんですね」

「でも、一番仲良くなりたい人と、仲良くなれたからいいんです」

育実はようやく一輝の話に興味を持った。

「前は、その人のことが大嫌いで、仲良くしようとしても無理で、とにかく嫌いで、毎日泣いてました」

リスの話よりは興味あるが、いささかヘヴィな内容だ。育実は軽く聞き流し、肉を網に置きながら聞いた。

「毎日泣くほど嫌いって」

「今は、もう大丈夫です」

「よかったですね、仲良くなれて」

「はい」

「その人、やっぱり動物好きなんですか？」

「はい」

「へー」

「僕です」

一輝の言葉に、肉を焼く育実の箸が止まる。

「昔の僕は、僕が大嫌いで、毎日泣いていました」

ジュウジュウと肉の焼ける音が泣き声に聞こえてきた。

「焦げてますよ」と一輝に指摘され、育実は「あ……どうも」と慌てて肉をつまんだ。

一輝は何事もなかったかのような顔で食事を終え、帰っていった。これぞ煙に巻かれたというものである。

その夜、相河家のダイニングテーブルでは、一輝と山田が向かいあって座り、おなかをさすっていた。

「おなかいっぱいです」

「私も食べすぎちゃいましたよ。大河原さんが、次から次へと注文して、食べきれるの？って聞いたら食べられるって言ったのに、結局、大河原さん、食べられなくて、私が全部食べたんです。そうしたら、会計のとき、大河原さん、なんて言ったと思います？　山田さんのほうがたくさん食べたから、端数はあなたが出してって。おかしいと思いましたけど、出しましたよ。端数の二百三十五円。それで、一輝さんは誰と焼き肉、食べたんですか？」

山田は立て板に水のごとく好きなだけしゃべり、最後に質問した。でも一輝は黙っている。少し間をおいてから、

「ひとりで行きました」と答えた。

「……そうだったんですね」。山田は少しがっかりした様子だ。誰かとごはんを食べてほしかったのだ。あの、なんとか野木さんなどと。

「明日は、ピリ辛キュウリ、お願いします」

一輝はおなかをさすりながら寝室へ入っていった。

数日後、水本歯科クリニック近くの道を育実が歩いていると、道端に一輝がしゃがんでいるのが見えた。熱心に何かをしているようだ。不審に思って近づくと、洗濯板と割り箸を使って音を出している。無視して通り過ぎようとしたものの、育実は思わず声をかけてしまった。

「何してるんですか?」

「オッチョコチョイのカエルと歌ってます」

カエルがゲェッと鳴いた。

「このオスガエル、メスに抱きついたつもりが、オスだったんですよ」

育実は失笑した。

「そうですか。失礼します」

調子はずれな音が背後から聞こえる。

まったく、この人は……。育実はクリニックへと歩を進めた。

第3話

歌うとき、一輝は体を揺するクセがある。音に合わせて動くことが気持ちいい。だが、小学校の音楽の先生──忘れもしない神田恵美という名前だった──は、「体を揺すらない！」と注意した。

神田先生は、二十センチほど足を開いてまっすぐに立ち、きちんと声をそろえて歌うようにと徹底した。規律を乱してはならないという指導だった。しかし、踊るように歌うことの何がいけないのか、一輝にはわからなかったし、話を聞いた義高も「好きなだけ、好きなように歌え」とすすめた。一輝は喜んで、体を揺らして歌い始めたが、お世辞にもうまいとはいえない。義高は「俺に似たな」と笑った。

今日の一輝の講義は、「動物園・環境エンリッチメント」である。

スライドに放飼場とトラを映し、一輝が解説する。

「動物園のトラです。ヒマそうですね。この動物園では、週に一度の休園日に、トラではなくヤギをここに放します」

スライドが放飼場とヤギの画像に切り替わる。

「当然、ヤギはここでオシッコをしたりします。そして翌日、トラがここに放されるとどうなるのかというと」

今度はスライドに放飼場で探索行動をしているトラが映る。

「自分の縄張りだと思っていたトラは、ヤギのオシッコのにおいで別の存在に気づき、探そうとするのです。この探索行動は、生きるうえでとても重要です。動物園の動物は、栄養状態がよく、天敵もおらず、病気に対応できる獣医もいるので、なかには野生の動物よりも寿命が二倍から三倍長いものもいます。でも、ただ長生きすればいいのではなく、本来の動物としての感覚を使って、生活に活気を出すことはとても重要です」

先日のフィールドワークが楽しかったからか、この日の学生たちは、一輝の話を真剣に聞いていた。桜はもちろん、琴音、巧、そしていつも居眠りしていた龍太郎までも、この日はちゃんと耳を傾けている。

「豊かな暮らしとは何か。豊かさとは何か。動物たちからいろいろな発見があります。ほかにも――」と力説していると、チャイムが鳴った。

「……今日はここまでにして、続きは次回にします」と一輝が講義を切り上げたので、学生たちは「え!?」と拍子抜けする。

「自分で調べたり考えたりするのも楽しいです。では、終わります」

早々に教室を出ていく一輝を見て、琴音は「どうしたんだろう」と訝しんだ。「いつもなら、絶対最後まで話すよな？」と巧も気にする。ひとり龍太郎だけは「トイレ我慢してたんじゃね？」と、相変わらずとぼけたことを言う。

講義後、琴音と桜と巧、龍太郎がカフェに集まった。グループ発表やフィールドワークを経て、四人はだいぶ気心が知れてきた。

ふいに琴音が「相河って、彼女いるのかな」と言いだした。

「最近、相河のこと気にしてね？」と巧がツッコむ。龍太郎は複雑な気分になったが、黙っていた。

「あいつ、面白いじゃん。ねえ？」と琴音は桜に同意を求めた。

「ホントはタイプなんじゃね？」と巧がからかうように言った。

「だったら？」と琴音が開き直り、龍太郎と桜が「え？」と前のめりになる。

琴音はすぐさま「そんなわけないじゃん。相河、オジサンだし」と流したので、「変わってるしな」と龍太郎はちょっと肩の力を抜いた。

琴音は、森で「内緒です」とニッコリ笑った一輝を思い出していた。あのときの一輝には、オジサンの感じはちっともしなかったこと、あのとき、思わずチャームをキュッと握った感触が今も手のひらに残っていることは、黙っていた。

気もそぞろな様子で研究室に戻ってきたところで、一輝は樫野木にぶつかる。

「すみません」と謝りながら、手にした講義用の資料を棚に戻すさまが、いつになく浮足立っていることを、樫野木は見逃さない。

「三番、ゴー。ゴーゴー」と沼袋がアリにたきつけるのと同時に、「……相河先生、どうかした？」と樫野木は声をかけた。

「近々、ボスが代わりそうなんですよ」

一輝は笑顔で振り返った。

「……え、ボス？」

「代わるのって七年ぶりらしいです」

「……鮫島教授、学部長になってそんなに経つ？」

これは聞き捨てならない情報だ。樫野木は一輝のところに飛んでいく。

「ねえ、ホントに代わるの？　確かな情報？」

「はい」

「鮫島教授から聞いたの？」

「いえ、違います」

「じゃあ、誰から」

「下柳さんです」

「下柳さん!?」と樫野木が顔をしかめた。

「下柳さん？」。沼袋もアリに尋ねた。

一輝はそれ以上何も言わず、リュックを背負って出ていく。

「……って誰？　ちょっと！　相河先生！」

下柳とはいったい誰なのか。自分が知らないキーマンなのかと樫野木が焦っていると、教授室から鮫島が「樫野木先生」と声をかける。

急いで教授室に入ると、鮫島は「論文読んだよ」と微笑んだ。

「いいんじゃない？　よく書けてる」

「……本当ですか？」

「うん。ま、俺はロマンを感じるもののほうが好きだけど」

「……ありがとうございます」と丁寧に礼を言いながら、樫野木の頭を占めているのは論文の評価よりも、ボスが代わるという一輝の言葉だった。遠慮がちに「……鮫島教授は学部長になって、どれくらいでしたでしょうか」と尋ねる。

鮫島は「……五年。いや、七年か」と答えた。「俺も長く居すぎたかなぁ」

「……あの、それはどういう意味でしょうか」

「もっとラクしたいってことだよ」

樫野木はその言葉の意味を探った。

「俺がラクできるかは、樫野木先生にかかってる」

まちがいない。樫野木は確信する。次期教授の座が間近に迫っている……！

「頼むよ、樫野木先生」

「もちろんです。光栄です！」

もう論文を書く必要はないかもしれない。樫野木は期待に武者震いした。


昼休憩に、育実は弁当を買いにコンビニにやってきた。会計を済ませて出口に向かうと、雑誌コーナーの目立つ位置に育実のインタビューが載ったファッション誌が置かれ、それを立ち読みしている女性がいた。

見れば、育実のページだ。本当なら晴れがましい気分になるところだが、先日の鳥飼のことが頭をよぎり、育実は浮かない顔になる。鳥飼は、育実の記事をすでに読んでいた。しかし、育実が変に気を使って、「まだ出てないみたい」と嘘を言ったことで、関係がこじれてしまった。

最初に「読んだよ」と言ってくれたらよかったのに……。もやもやしていると、立ち読みしていた女性が育実に気づいたようで、雑誌と育実を交互に見比べ始めた。慌てて育実はコンビニを出る。

育実はポケットからスマホを取り出した。鳥飼にＬＩＮＥでメッセージを送ろうか迷いながら、ふと顔を上げると、目の前を風を切って自転車が通りすぎていく。赤いリュックを背負った一輝だった。


一輝は街路樹を抜けて動物園にたどり着いた。

動物園の関係者専用出入り口で、係の人に軽く挨拶をすると記帳して中に入り、サル山へと向かう。そこに飼育係の男がひとり立っていた。

「下柳さん！　こんにちは」

「おう、相河君！」

ふたりは以前からの顔見知りだ。一輝と下柳はサルたちを眺めた。

「最近、一休や豆蔵が、金之助に挨拶しないいんだよね。一休はさっき、挑発してたし」

と下柳が解説する。

初見だとサルの違いはわからないが、長く見ているとそれぞれの個性がわかるもので、一輝もサルの名前と個性をすべて記憶している。

「確かに、金之助、少し姿勢が悪くなってますね」

「金之助も、七年ボスやったからね」

「……あれってジンタですよね？」

一輝はほかのサルにも目を留め、じっと見つめる。

「そうだよ。ハゲだったジンタ」

「すごい！　毛があるじゃないですか！」

ひとしきりサルの観察を終えた一輝は、自転車で帰途に着く。すると、前方を育実が歩いているのに気づいた。いったん通り越したところで、自転車を止めて振り返る。

「こんにちは」

「あ、こんにちは」

そのまま前を見て去ろうとする一輝を、育実は呼び止めた。

「その後、いかがですか？　お口のほうは」

「特に変わりありません」

「抜いたところ、ブリッジにするかインプラントにするか決まったら、きてくださいね」

「すぐに行ったほうがいいですか?」

「抜いたままにしておくと、周りの歯が動いてくるので、早くきていただいたほうが安心ですけど、今すぐじゃなくて大丈夫です」

ところが、一輝は歯の話にはのってこない。

「動物園のニホンザルのボスが代わりそうなんです」

「え?」

「ボスの交代は五年から十年に一回で、滅多に見られないので、とても楽しみです」

「ボスが交代したら、いらっしゃるってことですか?」

「はい」

「……じゃあ、お待ちしています」

だいぶ一輝の話し方のクセがわかってきて、戸惑いは減ったものの、それを受け入れるかどうかは別問題だ。自分の歯よりもサルのボスの交代を重要視するなんて、育実には理解しがたい。

一輝にとって、サル山のボスの交代は一大イベントであり、ワクワクが止まらない。夕食のピリ辛キュウリを食べるリズムがいつにも増して弾んだ。

キュウリを噛む一輝の白い歯を見て山田は言った。

「大河原さんから聞いたんですけど、水本歯科クリニックって、先代から続いてる歯医者さんだそうですね」

「へえ」

「継いだお嬢さん、きれいで優秀なんですってね」

「へえ」

「一輝さん」と山田は語気を強めた。

「……はい」

「聞いてませんね、私の話」

「……ピリ辛キュウリ、おいしいです」

「ありがとうございます」

「こちらこそ」

「歯医者さんの話です」

「……歯医者なら先送りしても問題ありません。今日も先生が大丈夫だって言ってましたから」

「今日？　会ったんですか？」

「はい」

「歯医者さんで？」

「いえ、外です」

「……え、ほかにも外で会ったこと……」

「あります。よく食べるんですよ、あの人」

山田はちょっと考えて確認する。

「……もしかして、この前の焼き肉ですか？」

「はい」

「……へえ～、焼き肉」。山田の目の色が変わった。

「ピリ辛キュウリ、おかわりありますか？」

「はい」

山田は嬉しくなって、台所に小走りする。

一輝は山田の気持ちには気づかず、まるで子供のように、ピリ辛キュウリを無心に頬張っていた。

育実の昼食はたいていコンビニ弁当だ。忙しいせいで、こういう食事にも慣れてしまった。そんなある日、あかりが手製の弁当を持参してきた。

「おいしそうじゃない」と祥子が褒めるほどの出来栄えだ。

「けっこう楽しくて、これからも、ときどき作ろうと思います」

「私も作ってみようかな」と育実がぽつりと言うと、あかりと祥子が意外そうな顔をした。育実は慌てて「あ、言ってみただけです」とごまかす。

「ホントに作ってみたらどうですか？」とあかり。

「そうですよ」と祥子も気を使う。

「そういえば、料理教室、行ってるんですか？」とあかりが聞いた。

「行ってないです」

「入会して、一度も行ってないんじゃないですか？」

「はい。行かなきゃって思ってるんですけど」

「今日、行けばいいじゃないですか。最後の患者さん、キャンセルになったし、予約しちゃいましょうよ」とあかりがせっつくと、祥子も「そうですよ」と頷く。一瞬、その気になった育実は「じゃあ……」とスマホを手にしたものの、「でも、たまってるレセプト整理をやらなきゃいけないし。ほかにも症例分析と勉強会の準備、やらなきゃいけないんで」と思い直して、スマホをしまった。

授業を終えた一輝が研究室に戻ってくると、樫野木がそわそわと近づいてきた。

「鮫島教授から聞いたよ。ホントにボスの交代、ありそうだね」

「そうなんですよ！」

一輝は大きな声で返事をしながら、リュックに観察用の道具類をしまう。リュックからいったん四角い缶を取り出し、ノートパソコンを入れて、再度、四角い缶を入れる。

一輝がやけに大事にしている四角い缶が気になりつつも、樫野木は、

「次は、僕みたいでさ」とささやいた。

「違う」と沼袋がアリに言う。

そこへ、琴音がやってきた。

唐突に「相河先生って、ゼミ持ってるんですか？」と尋ねる。

「持ってません」と一輝は答えた。

「今後のゼミのことなら、僕が相談にのるよ」と樫野木が声をかけたが、琴音は無視だ。

授業がつまらない樫野木には、まったく興味がない。

「違うから」と沼袋が絶妙なタイミングでアリにささやいた。

「さようなら」とパンパンに膨らんだリュックを背負って帰っていく一輝を、琴音は小

走りで追いかけ、廊下に出ると横に並んだ。

「嬉しそうですね」

「動物園に行きます」

「もしかしてデート?」

一輝は足を止めて横目で琴音を見る。だが、すぐに無言で歩きだす。

大学の外に出て自転車のペダルを漕いだとき、一輝は道端で虹一がウロウロしているのに気づいた。

「いた!」

虹一は一輝を見つけると、跳ねるようにして近づいてきた。

「こんにちは」と言って一輝は自転車を止めた。

「リスの橋、どうなった?」

「今、素材をいろいろ考えてる」

一輝は先日来、素材を小屋に集めて、試作している。

「今から森に行くの?」

「ううん、今日は動物園に行く」

「僕も行きたい!」

虹一が目を輝かせたが、虹一の母、涼子が一輝に警戒の目を向けていることが気にかかる。「お母さんと話して。僕と動物園に行くこと」と一輝は諭した。

「……わかった。待ってて」と、虹一は素直にいったん家に戻った。

ほどなくして、虹一が母親の許可を得たといって戻ってきたので、一輝は自転車を手で押しながら動物園に向かうことにした。

行く道の話題は、もっぱら虹一の悩みだ。

「友達の顔を描いたんだけど、僕だけ横顔を描いて、先生に怒られた。『みんなを見てごらん。正面を描いてるでしょ』って」

「みんなと違うことして、僕もよく怒られたな」と一輝は昔を思い出して笑った。

「授業中、ハエが気になって、席を立った」

「それは怒られるよ」

虹一の表情が柔和になったが、すぐに曇る。

「お母さんも、『どうしてみんなと同じようにできないの？』っていつも言ってる……。僕をダメな子だと思ってる」

実際、テストの点数もあまりよくない。それがお母さんを怒らせていることには気づいていた。黙って話を聞いている一輝の横顔に、虹一が尋ねた。

「一輝君のお母さんは、どうだった？」

「僕は、お母さん、いなかったから平気だったよ」

「そっか」

「うん」

動物園に着いた。関係者出入り口で、一輝は虹一に「この入り口は、今日だけ特別だから」と言った。

「了解！」。特別な冒険を前に虹一はごくりとつばを飲んだ。


その頃、動物園の一般入り口では、一輝を追って琴音がチケットを買っていた。

もぎりをしているのは龍太郎だ。なんという偶然。

「何してんの？」

「そっちこそ」

「ここでバイトしてたんだ」

「そうだけど」

「動物、好きなの？」

「そんなわけないだろ」

「だね」

「青山は？　ひとり？」と聞かれ、琴音は「ねえ、ほかに知ってる人、こなかった？」

と尋ねる。だが、龍太郎には心当たりがない。琴音の真意を探ろうとする龍太郎に、琴音は「ううん、じゃあね」とはぐらかすと、園内に急いだ。

琴音のお目当てである一輝は、虹一を連れてサル山の前にいた。

「あれがボスの金之助」

「ボスは一番上にいるんじゃないの？」

「うん。あそこのほうがみんなを見渡せるから」

「一番上で、いばってるわけじゃないんだね」

「そのとおり。ボスっていうと、威張ってて怖いイメージだけど、尊敬されないとボス
は務まらない」

だが今、このサル山に変化が起こりつつある。一輝は説明した。

「今までは、誰も金之助の前を歩かなかったけど、そこの一休が平気で歩くようになっ
たんだ。一休が新しいボスになりそうだと思ったサルたちは、金之助に挨拶をしなくな
ってる。サルたちはみんな、ボーッとしているように見えて、誰がどういう動きをする

のかを見て、自分の立ち位置を確認してるんだ」

「人間みたい」と虹一は感心した。動物の世界に興味が湧いた虹一は、「僕、探検してくる」と言いだす。一輝は、「うん」とあっさり許可する。

「動物たちの謎を見つけるぞ！」

「了解！」

ふたりは芝居がかった言葉遣いになった。未知なる世界を覗き込むときの儀式だ。勇者のごとく目を輝かせて行こうとする虹一を、一輝は「ちょっと待て」と引き止めた。

「閉園のアナウンスがあったら、ここに集合だ」

「了解！」

「それと、渡したいものがある」

一輝は虹一に、冒険には必須のアイテムを手渡した。

たったひとりの冒険。虹一は大股で園内を歩く。まず、キリンの檻にたどり着いた。キリンを観察すると、キリンの食べたものが長い首の上から下へとおりていく様子がわかった。しばらく見ていると、食べたものが下から上にあがっていくではないか。目が釘づけになり、虹一はリュックからノートと鉛筆を取り出して、スケッチを始めた。

一輝が飽きもせずサル山を見ていると、下柳がやってきて「今日もきてたの?」と一輝の熱意に微笑みながら、肩を並べてサルを見つめる。

ボスの威光が薄れた金之助が心配だった。

「金之助、ボスじゃなくなって、死なきゃいいけど」

「生き物は、必ず死にます」

一輝は言った。投げやりでも悲しそうでもなく、深く哲学的な瞳をしていた。「今、金之助は生きてます。ボスでいようとしています」

下柳も大きく頷いた。金之助の生きる力を信じるしかない。そう思って、下柳は一輝を残してその場を去る。

入れ替わるようにして琴音がやってきた。

「青山さんじゃないですか」と驚く一輝に、琴音は「偶然ですね」と笑う。一輝は「はい」とだけ言って、またサルに視線を戻した。

「……やっぱり先生、ウケる」

と、突然、一輝が笑いだした。

「一休が、年上のメスのピー子にゴマをすろうとして失敗しました。ボスになるのはオスですけど、陰で仕切ってるのはメスなんです」

「人間と一緒だ」

「ゴリラもわかりやすくメスが主導権を握ってます」

「ふーん」

「気になるメスがいるとするじゃないですか。そうすると、オスはメスにこんなふうに少しずつ近づいていくんです」

ゴリラになりきって手もみをする一輝は、恥ずかしそうに琴音をチラチラ見ながら、少しずつ体を近づけていく。琴音が少し緊張する。

「メスを怖がらせないように、やさしい感じで近づいていきます」

一輝は琴音ににじり寄った。

「もし、メスに睨まれると、その辺の葉っぱとかを食べて、ごまかします」

葉っぱを食べる仕草をする一輝。なかなか迫真の演技である。

「メスが逃げずにそばにいてくれたら、触ってもいいよってことなので、オスはメスの毛繕いをします。一本ずつきれいに」

一輝は琴音には触れずに毛繕いの仕草をした。触れそうで触れない距離に、琴音の胸が高鳴る。

「メスが、お返しにオスの毛繕いをしたら、カップル成立です」

「しなかったら？」

一輝はサルの気持ちを代弁するように、がっくりと肩を落とし、うなだれてみせた。

あまりに一輝の動きが面白くて笑って見ていると、一輝が不意に唇を突き出した。

「チンパンジーのリップスマッキングです」

それは大げさに口を尖らせた滑稽な表情で、琴音は驚くが、一輝は真顔で解説を始めた。まるで講義のようだ。

「口は嚙みついたりして凶器になりますが、それを使わないというアピールです。つまり顔に近寄らせることを許すという愛情表現です。赤ちゃんがおっぱいをねだるときの口で、人間のキスの起源でもあります。シャイなゴリラとは違い、チンパンジーは表情が豊かです」

「先生はどうするんですか？　気になる人間のメスがいたら」と琴音が意味ありげに聞く。

一輝はしばらく黙っていたが、「おおむねゴリラと一緒です」と真顔で答えた。「本質は、ゴリラだと思います」

「……シャイってこと？　相河先生、かわいい～」と琴音がはしゃいだ。

これまで「かわいい」と言われたことのなかった一輝は、違和感を覚え、顔をしかめる。琴音は気にせず、「さっきのなんだっけ？　これ」とツヤツヤの唇を突き出す。流れで一輝も唇を突き出した。

カシャ。

一輝が唇を突き出した瞬間、琴音は素早くスマホのシャッターを押す。

「……リップスマッキングです」

一輝はあくまで授業の一環であるかのように真面目に言った。

午後の診察を終え、あかりと祥子が帰ろうとしていると、涼子が血相を変えて飛び込んできた。

「あれ？　今日、ご予約入ってました？」と祥子が聞くと、

「虹一、きてませんか？」と慌てた様子で尋ねる。

受付がざわついているので、何ごとかと育実が顔を出すと、

「先生、こちらの患者さんで、都市文化大学の先生っていらっしゃいます？」と涼子が尋ねる。

「塾から、虹一がきてないって連絡があって、行きそうなところは全部捜したんですけ

ど、どこにもいなくて、もしかしたら、その人と一緒なんじゃないかと思って」

「相河さんですよね」とあかりが答えた。

「その人、どんな人なんですか？　本当に大学の先生なんですか？」

「……ええ、そうですよ」

育実は「相河さんに連絡してみます」とスマホを取り出してかけてみる。

だが、何度かのコール音のあと、留守電に切り替わってしまった。

「まだつながらないんですか!?」と涼子は苛立っている。

祥子が大学の研究室にかけてみたが、そこにも一輝はいなかった。

「やっぱり虹一と一緒なんじゃ」と涼子は気が気でない。

育実はふと、一輝は動物園にいるかもしれないと思いついた。しかし、絶対とはいえない。涼子には、ひとりで留守番をしている直樹と自宅待機してもらい、育実が動物園に捜しにいくことにした。


そうとも知らず、一輝はサルの見学に余念がない。琴音は傍らで、スマホで撮った一輝を見て「かわいい～」と悶（もだ）えていた。

やがて、「本日は、ご来園ありがとうございます。まもなく閉園時間となります。またのお越しをお待ちしております」というアナウンスが流れる。気づけば空も暗くなりかかっている。

「まもなく閉園です。さようなら」と一輝が琴音に事務的に言うと、

「先生と一緒に帰ります」とごねる。

「僕は虹一君と合流してから帰りますから」と一輝はあっさり断った。

一般出入り口では、龍太郎が、帰っていく入園者たちの中に琴音の姿を捜していた。

そこへやってきたのは育実だ。

自販機で買ったチケットを「お願いします」と龍太郎に突き出す。

「え、あと十分で閉園ですけど」と戸惑う龍太郎に、「わかってます！」と育実は語気を強めた。その迫力に龍太郎は急いでチケットをもぎ取る。ひったくるように半券を手にすると、育実は脱兎(だっと)のごとく園内に駆けていった。

「こわっ……」

龍太郎は身震いした。

一輝はサル山の前で虹一を待っていた。だが、なかなか戻ってこない。日はどんどん傾いていく。

「もう閉園時間だよ。虹一君、こないじゃん」

結局、一緒に残っている琴音が焦れた。

「もしかして、もう帰っちゃったんじゃないですか？」

「いえ」

「じゃあ迷子とか。捜さなくて、大丈夫なんですか？」

琴音はだんだん心配になってきた。

そのとき一輝は、怒りのオーラをまとってやってくる育実に気づいた。

育実は一輝の横にいる琴音をチラッと見たあと、「どうして電話、出てくれないんですか!?」と責め立てる。

「何度もかけました」と、怒りを込めて告げても、一輝は「かかってくることなんてないですから」と悪びれない。

「もしかして虹一君と一緒じゃないですか？」

「はい、一緒にきました」

「どうして勝手に連れてきたりしたんですか」

育実は一輝をどやしつける。

「どこです？　虹一君」

「動物園のどこかです」

「わからないってことですか？」

一輝は答えない。

「はぐれたんですか？」

「違います」

「わからないんですよね？」

一輝が口をつぐむので、育実は矛先を琴音に向けた。

「失礼ですが、あなたは……」

「え～、知らない人に、個人情報教えられません」

琴音の挑発的な物言いにカチンとくるのを抑えながら、育実は「私は、相河さんの歯の治療をしている歯科医の水本と言います」と挨拶する。琴音も「私は、都市文化大学の学生の青山です」と自己紹介した。

「虹一君なら、大丈夫です。閉園のアナウンスがあったら、ここにくることになってますから」と、一輝はのんきなものだ。

「それって何分前ですか？　もう閉園時間過ぎましたよ。どうして捜さないんですか!?」

「あのサル、ジンタっていうんですけど、半年前はハゲてたんです。でも、今は毛があります。なぜかというと――」

一輝特有の、話題をすり変える話し方だ。しかし、この切迫した状況下ではそんなものにつき合ってはいられない。「ふざけないでください！」と育実は一喝する。あまりの勢いに一輝は黙ったが、すぐに前を向いて言った。

「虹一君は、戻ってきます」

「何を根拠に言ってるんですか！　この状況、わかってます？　何かあったらどうするんですか！」

サル山の近くでなにやらもめているのを聞きつけて、職員がおずおずとやってきた。

「あのう、閉園時間となります」

「すみません、子供がいなくなったんです」と育実は説明した。

「ヤバくない？」と琴音も一輝の顔をうかがうが、一輝は平然としている。

事情を聞いた職員は、帰ろうとしている龍太郎を出口でつかまえて、子供を捜すのを手伝ってくれと頼んだ。龍太郎が急いで園内に戻ると、育実と手分けして虹一を捜すことになった琴音と出くわす。

一輝だけ、サル山の前で虹一を待っていた。

一輝は必ず虹一が戻ってくると信じていた。

その頃、虹一は夢中で冒険を続けていたが、気づいたときには、園内が暗くなりかけていた。昼間と景色がまったく違い、どちらに行けばよいのかがわからず、急に不安に駆られる。べそをかきそうになったとき、虹一は、一輝から手渡されたアイテムの存在を思い出して、リュックから取り出した。

それは古い軍用コンパスだった。

「もし、道に迷ったら、ふたを開けて、緑の針を北に合わせる」と一輝に言われたとおりにしてみた。地面に置いたコンパスの緑の針は、グルグル回りながら、やがてゆっくり止まった。緑の針が指す方向が北だ。

「まずは、ひたすら南に行け」とも一輝は言っていた。つまり、緑の針と逆方向が南だ。

「了解！」。一輝は小さなコンパスの針を信じて、南へ向かった。

琴音も龍太郎も育実も、手がかりがないままサル山に戻ってきた。

「……どうしよう、日が暮れちゃう」と育実が焦りの色を滲ませていると、「あ」と一輝が声をあげる。

コンパスを手にした虹一が、しっかりした足取りで戻ってきたのだ。

「戻ったぞ！」と誇らしげに言う虹一を、一輝は「おう！　謎は見つかったか!?」と、満面の笑みで迎えた。

「おう！」と勇ましく返事をしながら虹一は、スケッチブックを開いて一輝に見せた。色鉛筆で着彩された躍動感あふれる動物たちが描かれている。

「キリンの首に、移動するコブがあったぞ！」

「了解！」

「クジャクは全然羽を広げなかったぞ！」

「了解！」

虹一の報告に、ひとつひとつ、一輝は嬉しそうに応じる。

「想像してみたぞ！」

虹一は羽を広げたクジャクの絵を見せる。クジャクの羽の部分には、園内で拾った葉や実や小枝が貼り付けられていた。

「きれい！」と一輝は絶賛した。

「イエス」

「イエス」

ハイタッチをする一輝と虹一を見て、龍太郎は「……ふざけんな」と呆れ顔だ。急に呼び出され、園内を走り回って、すっかり疲れていた。

「すっごく楽しかった！」と、虹一は一輝に軍用コンパスを返す。

琴音は安堵した表情でふたりを見守り、育実は大きなため息をついた。


事件はそれで解決しなかった。

その夜、大学に報告がいったのだ。

「鮫島教授！　相河先生がやってくれましたよ！」

熊野が鬼の首を取ったように、教授室に飛び込んできた。

「九歳の男の子を勝手に動物園に連れてったとかで、その母親からクレームがありました！」

「ケガでもした？」

「いや、してませんけど大問題です！　これ以上、我が校の評判や人気が落ちたら、どうするんですか⁉」

「そんなに人気ないの？　うちの大学」

鮫島はわざとはぐらかして、熊野を困らせた。

そうはいっても鮫島は責任者として対処しなければならない。その晩、一輝とともに宮本家に謝罪に向かった。行きがかり上、育実もそれに立ち会った。

玄関先で一輝と並んで、「申し訳ありませんでした」と丁寧に頭を下げたが、それで涼子の気持ちが収まるわけがない。

「親の許可もなく、勝手に動物園に連れていくなんて、非常識ですよ。しかも、大学の先生って教育者ですよね？　なのに信じられません」

「重ね重ね、申し訳ありませんでした」

鮫島があくまで低姿勢で謝罪を続けていると、虹一が、

「悪いのは僕なんだ。一輝君は、悪くない！」とかばう。涼子の許可を取ってきたと嘘をついたことで、一輝が叱られるのがつらかった。

「年上の人を君づけで呼ぶんじゃありません」と涼子がたしなめる。

「これからは、一緒に出かけるときは、必ずお母さんに伝えます」

さすがの一輝も襟を正して反省を口にするが、

「いえ、その必要はありません」と涼子は聞く耳を持たない。

「虹一は塾もありますし、遊んでいただく時間もありませんから」

「なんで!?　遊びたい！」と虹一がわめく。

「虹一は黙ってなさい」

虹一は涼子にすがりつくが、彼女の気持ちは揺らぐことがなかった。

「このたびは、本当に申し訳ありませんでした」

「……申し訳ありませんでした」

再び鮫島と一輝が頭を下げた。しかし、鮫島は帰りがけに「虹一君、今日は楽しかったな」と声をかける。

涼子はきっと鮫島を睨んだ。

鮫島と一輝に続いて育実が出ていこうとすると、涼子は「先生、お茶、飲んでってください」と引き留めた。

「ご迷惑をおかけして本当に申し訳ありませんでした。さあ、どうぞ」

鮫島と一輝は家の中に入れず、玄関先で追い返したところに、涼子の怒りの度合いが見て取れる。


がっくりと肩を落とした一輝が帰宅すると、食事の支度を終えた山田が待っていた。

一輝は心ここにあらずといった様子で、黙々とピリ辛キュウリを食べ続ける。大盛りのキュウリがあっという間になくなっていく。山田もキュウリに箸を伸ばそうとしたが、無心でキュウリをつまんでいる一輝に遠慮して引っ込める。みるみるキュウリの山はなくなり、一輝の箸は虚空をさまよった。

「……山田さん、ピリ辛キュウリがありません」

「食べれば、なくなります」

「山田さん、食べすぎですよ」

「私？」

「はい」

「……まだありますけど、食べますか？」

「食べます」

山田は黙って小鉢を手に、おかわりを入れに台所に向かった。


ピリ辛キュウリをたらふく食べたが、どうにも満たされない気分で、一輝は自室に戻った。いつものように体幹を鍛えるポーズを取るけれど、あまり集中できずによろけてしまう。

その弾みで床が揺れて、水槽のジョージがピクリと反応した。

「お休み」とジョージに告げると、一輝はベッドに入った。

「いー」

いつもより強めに言うと、目を閉じた。

事件はあっという間に大学中に知れ渡り、翌日、一輝が研究室で出席カードの整理をしていると、樫野木が「子供、連れ出して騒動になったそうだね」と話しかけてきた。

「ドンマイ」と沼袋がアリに声をかける。

「今度からさ、何かあったら僕に言ってよ。それにしても、小学生、連れ出しちゃ、まずいよね」と、樫野木は心配しているようでいて、実はスキャンダルを楽しんでいる。

一輝は「樫野木先生の娘さん、いくつですか？」と聞いた。

「……十歳だけど」

「どうして離婚したんですか？」

一輝に悪気はなかったが、樫野木は大きなダメージを受けた。いつもクールに振る舞ってはいるが、実は結婚に失敗したことが今も尾を引いているのだ。

「グッジョブ」と沼袋はアリに言った。

カフェでは琴音と桜、龍太郎と巧が集まってしゃべっていた。話題はやはり一輝のことだ。

「相河、マジでヤバい。あんだけ大騒ぎになってるのに、全然平気だし」と龍太郎が言うと、巧は「ちょっと待って。なんで青山が相河と一緒にいたの？」と興味津々だ。

「偶然なんだって」――龍太郎はそう信じたかった。

「ひとりで動物園とか行くキャラだったたっけ？」

なおも追及しようとする巧に、「そうだけど」と琴音はとぼけた。

「ホントは相河とつき合ってたりして」と巧はにやけた。

「だったら？」

琴音の意味深な目つきに、龍太郎がピクリと反応する。その傍らでは桜が「えーっ！」と本気で目を白黒させた。

「尾崎さん、面白い」と桜の初心な反応を楽しみながら、琴音はテーブルにのったこんにゃくゼリーに手を伸ばした。

「これ、ハマるよね」

「でしょ」。桜は自分のお気に入りを認めてもらってちょっと嬉しい。

「俺も」と巧が手にし「おまえも、食べてみたら？」と龍太郎にもすすめるが、「俺、コンニャクは食わないから」と頑なだ。

「なんで？」と琴音に問われると、「食わねえもんは食わねえんだよ」と、なぜかムキになる。


月に一回、月末になると山田は森の工房を訪れる。

「今月分です」と義高は給料袋を手渡した。

振込みでなく手渡しなのは、二十年前から続く習慣だ。

「ありがとうございます」

山田はうやうやしく受け取ると、カバンからおかずを詰めたタッパーを取り出す。

「これ、召し上がってください」

「ありがとう」

「一輝さん、今夜は、鮫島教授に誘っていただいたみたいです」

「先生になって半年か。よく続いたな」

「私も驚きましたけど、学生さんとの交流も、意外と楽しいみたいですし、それから、もっと驚いたことがあって」

山田は声を落として言った。

「デートしてるみたいです」

「デート?」

「間違いありません。こういう浮いた話は、一輝さんが大学生だったとき以来です」

「大学の先輩の?」

「はい。今回は、通っている歯医者の先生です」

「ほう。あいつ、なかなかやるな」と言って義高は口元をほころばせた。

「一輝さんをずっと見てきましたけど、最近はいろいろな変化があって……」

「……もう二十年か」

「……はい」

「このままでいいのか? 山田さん」

山田は答えず、「お参りさせていただきます」と静かに仏壇に手を合わせた。


事件の翌日、鮫島の誘いで研究室の親睦会が行われることになった。居酒屋には、鮫島、樫野木、一輝が集まった。ひととおり料理を注文すると、樫野木はざっくばらんに一輝に聞いた。

「相河先生って、おぼっちゃまなの?」

「おぼっちゃま」

「二十年も家政婦さんが、いるんだよね」

「はい」

そこへ、「あ、育実ちゃん！　こっちこっち」と鮫島が声をあげた。

育実は一輝の顔を見るなり眉間にシワを寄せた。ついつい「相河さんもいらしてたんですね」と険のある言い方になる。

「昨日のお詫び。座って」と鮫島に促され、育実はしぶしぶ一輝の隣に座った。

「こっちがうちの樫野木先生。歯医者の水本先生、育実ちゃん」と鮫島が紹介した。

「あ、はじめまして。准教授の樫野木です」

容姿端麗な育実を見て、心躍った樫野木は少々カッコつけて挨拶した。

「ビールでいい？」と鮫島が尋ねると、

「いえ、まだ仕事が残ってるので」と育実は断った。

「え、そうなの？　じゃあ、おいしいもの、食べてってね。なんでも好きなもの、頼んで」

育実がメニューを見て、「じゃあ……この揚げ出し豆腐と出汁巻玉子を」と、やや遠慮がちに頼むと、一輝は「今日は、あまり食べないんですね」と不思議そうな顔をする。

「この前、ひとりでタン塩とロースとカルビとハラミとサラダとキムチとナムルとユッケジャンスープと冷麺食べてましたよね。あと豆腐チゲ」

一輝はあの日、育実が頼んだものをすべて覚えていた。

「あの日は、ストレスたまってましたから」

「今日はないんですね」

「あります。特に昨日、動物園に行ってから」

「僕のせいですか？」

不穏な空気を感じて、樫野木が「すみません。相河先生、こういう人なんで」と謝った。

一輝がトイレに立った隙に、鮫島は育実に昨日の礼を言った。

「……何事もなくてよかったですけど。私には理解できません。閉園時間を過ぎても虹一君がいないのに、相河さん、捜そうともしなかったんですよ。それどころか、こっちが真面目に、どうして捜さないのか聞いたら、なんて言ったと思います？」

育実は抱えていた不満を一気にまくしたてた。

「いきなりサルの話を始めたんです。サルのハゲが治ったとかなんとか。ふざけすぎてます」

プリプリする育実に、樫野木は同情を寄せるが、鮫島は「なるほど」と興味深そうな顔をした。そして、質問した。

「どうして、ハゲが治ったと思う?」

そう聞かれても、育実にわかるはずがない。

「半年前、ハゲてたサルのジンタをどうにかしようと、相河先生は一日二回のエサを、四回にするよう提案したんだ。一日二回だと、何もすることがなくてヒマだから、自分の毛を抜いてハゲになるサルがいたりする。でも、一日四回に分けて与えると、絶えず食べている状態になって、野生のサルに近い状態になる。つまり、食欲や本能がずっと刺激されて、サルたちがいきいきしだす。自分の毛を抜くこともなくなる。そういうことかな、あいつが言いたかったのは」

それと虹一とどう関係があるのか、育実には結びつかなかった。

「虹一君が本来持っている欲求を、やりたいことを、思う存分やらせたかったんじゃないのかな」

言わてみれば、帰ってきたときの虹一はすごく楽しそうで、いきいきしていた。

そこへ一輝が戻ってきて、鮫島は「そうだよな、動物園で虹一君に、やりたいことやらせたかったたから、待ってたんだよな」と話を振った。

ところが一輝は黙っている。

「あら、違った?」

すると一輝は「僕は、虹一君が戻ってくるって、知ってただけです」と答えた。

「そうか。さすが相河先生」と鮫島は嬉しそうにビールをグイと飲み干すが、育実には意味がわからない。

育実はあの日、育実の部屋から帰っていった鳥飼の後ろ姿を思い出す。育実には、鳥飼が自分のもとに帰ってくるのかどうか、わからなかった。

「どうかした?」と鮫島が声をかけ、「あ、いえ」と育実は我に返る。

そこへ店員がタコの唐揚げを持ってきた。だが、誰も頼んだ覚えがない。

「一輝――」と言いかけて、鮫島は「相河先生は、タコ食べないしな」と言い直す。

「沼袋先生、頼んだ?」

隣のテーブルに、沼袋が背を向けてひとりで座っている。人と向き合えないなりに、彼もさりげなく親睦会に参加していたのだ。

タコを頼んだのは沼袋で、「グッジョブ」とタコに向かって言う。

「そういえば、ボスの交代どうなった?」と鮫島が言いだし、樫野木は思わず前のめりになる。ところが、

「今年は交代しないです」と一輝が答えたので、樫野木は拍子抜けした。

「金之助が、持ちこたえたってことか」

「はい。滅多に見られないことです」

金之助？　樫野木が困惑していると、鮫島が育実に向かって「動物園のサルのボスが、七年ぶりに交代しそうだったんだよ」と説明した。

「サルぅ!?」と樫野木が額に手を当て、声を裏返す。

「ドンマイ」。沼袋が料理に向かって声をかけた。

そのとき、一輝が頬を押さえて苦しみ出した。歯を抜いたところの穴に、食べ物が入ったのだ。ちょうど育実がいたので、そのまま水本歯科クリニックで治療を受けることになった。


「本当にいいんですか？」と、時間外の特別診療になってしまって一輝が尋ねる。

「相河さんの不注意なのに、私の治療がまずかったって思われたら嫌ですから」と育実が答えた。

「誰がそう思うんですか？」

「特定の誰かってわけじゃありません」

「いないってことですね」

「いちいち何なんですか？」

育実は苛立ってまくしたてる。

「昨日から、相河さんに振り回されっぱなしです。私、患者さんの治療以外にも、やらなきゃいけないことがいっぱいあるんですよ。レセプトの整理、症例分析、勉強会の準備」

「やりたくないことばっかりなんですね」

「やらなきゃいけないなんて、いつ言いました？」

育実は図星を指されてドキッとしたが、ムキになって言い返す。

「そりゃあ仕事ですから、やりたくないこともあります。それに、私は成長し続けたいですから、そのためにもっとやらなきゃいけないことがあるんです。今までそうやって、なりたい自分になってきたんです。アメリカの大学に留学して、審美歯科を学んで技術を磨いたり。私、これでも腕がいいって言われてるんです。だから、この雑誌から取材を受けたりして」

診察台の脇の棚に置かれた雑誌を取り、付箋が貼られた育実が載っているページを広げて、一輝に見せた。

「このクリニックを引き継いだときは、経営学も学びました」

「痛いです」

一輝がつぶやいた。育実は揶揄されたのかと思ってカッとなる。

「……あなたがどう思おうと、私は私です！」

「いえ……かなり痛いです」

「なんでそんなこと言うんですか!?」

「だから……痛……」と一輝は頬を抑えてジタバタした。

「あ……そっち……すみません」

自分のことを「イタい」と言われたと勘違いした恥ずかしさに、耳が赤くなるのを感じる。育実は気を取り直して治療を始めた。


治療を終えて一輝を先に帰した育実は、後片付けをしながら、ふと雑誌を手に取り自分の載ったページを眺めた。

なぜか、焼肉店で一輝が「昔の僕は、僕が大嫌いで、毎日泣いていました」と語ったことを思い出した。

雑誌に載った育実は、いかにも仕事のできる女という雰囲気で堂々と笑っている。

育実は考えた。

私は、私のことを好きだろうか……。

第4話

一輝が子供の頃、義高は土をこねながら言ったものだ。

「土は、同じように見えても毎日違う。気温や湿度によってな」

一輝は思った。

森も、毎日違う。

空も！


通勤途中、自転車を漕いで空を仰ぐ。一期一会、刻々と空は表情を変える。

今日の雲はとりわけユニークな形をしていた。気分がよくて自転車のスピードを上げた刹那、急ブレーキをかける。

「イタチ！」

思わず声が出る。道路脇の草むらにイタチの姿を見かけたのだ。だが、それはすぐに走り去ってしまい、そばを歩いていた女子高生ふたりが怪訝（けげん）な表情で一輝を見た。

「あの人、イタチって言ったよね」

「いるわけないじゃん」

一輝は彼女たちには聞こえない声で、「いました」とつぶやくと、再び勢いよくペダルを漕いで、大学へと急いだ。


今日の講義のテーマはヘラジカとスミロドン。まずはスライドでヘラジカを映す。

「大きくて立派な角です。ヘラジカは、角が大きければ大きいほどメスにモテます。ですが、雄々しいのは見た目だけで、角は本当は邪魔なんです。森を走ると角が木に引っかかり、転ぶことも珍しくありません。場合によっては、そのまま肉食動物に襲われてしまいます」

それからスミロドンとその頭骨の写真を映した。

「次に、サーベルタイガーの一種であるスミロドンです。立派な犬歯、牙ですね。それとガッシリとした筋肉質の前脚。いかにも強そうです。実際強くて、大型動物であるあのマンモスさえも獲物として襲っていました。でも、結局、絶滅してしまいました」

「強いのに絶滅?」と琴音が素朴な疑問を投げかけた。

「はい。実は、大型動物を狙うのには理由がありました。スミロドンは前脚に比べて後脚が短く、走るのが遅かったから、動きがゆっくりな大型動物しか狙えなかったのです。

だから、環境の変化で大型動物が減少したとき、ほかの獲物を狙おうとしても、すばやく動けるほかの肉食動物に先を越されてしまい、絶滅への道をたどったのです」

きちんと講義を聞くようになった学生たちに一輝は、「では、ほかにも、見た目とのギャップがある動物について、グループごとに話し合ってください」と促した。

しかし、琴音と桜、巧と龍太郎の四人のグループに関しては、話し合いにならなかった。龍太郎が虫歯になったらしく、「マジで痛い」とか「痛ぇ〜」と大騒ぎしていたからだ。

「相河が行ってる歯医者行けば？　ほら、この前、動物園で一緒だった」と琴音がすすめると、「ああ……女医ならもっと優しい人がいい」と龍太郎は首を振る。育実の動物園でのツッケンドンな対応は、忘れようにも忘れられない。

琴音はふいに手を挙げて、一輝に「新庄が歯、痛いから、歯医者さん紹介してください」と頼む。

「よけいなことすんな」と龍太郎が止めたが遅く、一輝は「歯医者ですね。電話します」とすたすたと教室を出ていった。

「今かよ」と巧は開いた口が塞がらない。

「ウケる」と琴音はおなかを抱えて笑った。

結局、龍太郎は一輝に連れられて、育実の歯科クリニックに行くはめになった。場所だけ教えてくれればいいものを、一輝は「僕も用がありますから」と一緒にくるではないか。

一輝の用とは、虹一に会うことだ。ところが、受付で「虹一君、今日、きますか」と尋ねると、あかりに「きませんよ」と言われて当てが外れてしまう。

そこへ祥子がやってきて、あかりを「ちょっと」とたしなめる。そして一輝に「患者さんの情報は、お教えできないんです」とやんわり断った。そして次回の予約を促すが、一輝は「虹一君がくる日でお願いします」と言う。うっかり「虹一君は……」と予約表を確認しようとして「いえいえ！　ダメですよ！」と祥子は首を横に振った。

一輝がなおも粘ろうとしたとき、スマホの着信音が鳴る。どうやら一輝のリュックの中で鳴っているようだ。

祥子に「あの、外で」と促され、一輝は急いで外に出た。

診察室では育実が龍太郎の治療にあたっていた。

「すいません……」と龍太郎が外の様子を聞きながら頭を下げた。

「あなたが謝るようなことじゃ」

「……ですよね」

「大丈夫ですよ。相河さんには、だいぶ慣れましたから」

教え子にまで気を使われているのか、と育実はマスクの中で苦笑した。


電話の主は山田だった。買い物を頼まれた一輝は、スーパーへと向かった。

台所でいつものように夕飯の支度をしている山田に「買ってきました」と声をかけると、膨らんだレジ袋を台所のカウンターの上にドスンと置く。

「ありがとうございます。助かりました。今日はおでんなのに、肝心なものを忘れちゃって」

「山田さん、知ってました？　コンニャクってコンニャクイモからできてるって」

「ええ、まあ。それで、おいくらでした？」

「二千十三円です」

「二千!?　コンニャクが？」

山田は信じがたいという表情で袋の中を覗き込む。中には何種類ものコンニャクが入っていた。

「あら、こんなにたくさん」

「同じコンニャクでも、九十八円と二百十円のものがありました」

「……百円くらいの板コンニャクでよかったんですけど」

「色もそれぞれ違います。どうしてですか？」

「さあ、どうしてでしょう」

一輝はそれぞれのコンニャクの製品表示を見比べた。

「原材料、コンニャクイモ、水酸化カルシウム。こっちはコンニャクイモじゃなくてコンニャク粉ですね」

コンニャクによって原材料が違うことを知った一輝は、俄然コンニャクに興味を抱いた。


翌日、一輝は講義を休んだ。

それを知った熊野は大騒ぎで、鮫島に訴えた。

「相河先生のことだから、届を出すの、忘れたんじゃない？」と鮫島は気楽に捉えるが、熊野は「相河先生のことだから、ドタキャンなんじゃないですか？」と鮫島に疑いの目を向けた。

「どこかへ、ふらっとフィールドワークに出かけたとか」

「さすが事務長」と鮫島。

「図星かよ」と沼袋が、もちろんアリに向かってつぶやく。

「ありがとう、相河先生を理解してくれて」と鮫島は飄々としているが、その手に乗る熊野ではない。「してませんよ！　鮫島教授！」と噛みついた。

その様子を、書類を届けにきていた巧が耳にした。そして、突然の休講のために、カフェで時間をつぶしている龍太郎たちに報告する。

「ドタキャンてこと？」と龍太郎は憮然とした表情になるが、

「そうなんじゃね？　相河だから」と巧は淡々とした口調で言う。

「許されるの？」

「さあ、でも相河だから。それで給料もらえていいよな」と巧がぼやく。

「俺も大学の先生になろうかな」と龍太郎。

「相河は、うちよりずっといい大学出てるし」

「わかってるよ。なる気ねえよ」

「何になるの？」と琴音が割り込んできた。

「何って……おまえ、どうすんだよ」

返事に詰まった龍太郎は、琴音に質問返しをした。「私、結婚したい」と琴音が目をキラキラさせるので、琴音のことが気になっている龍太郎は黙り込んでしまう。そんな龍太郎の気持ちも知らずに、琴音は「尾崎さんは？」と桜に話を振った。

「……私は卒業したら地元に帰ることになってるから」

桜の地元は静岡だ。

巧が龍太郎に「おまえも帰るの？」と聞いた。

「帰らねえよ」。実家の場所を知られたくない龍太郎は、話をそらそうとする。しかし、

「新庄、どこだっけ？」と琴音はしつこい。

「栃木」と巧。

「ちげーよ」と龍太郎。

「え、違った？」

などと言い合っていると、龍太郎のスマホが鳴った。タイミングがいいのか悪いのか、実家からだ。

だるそうに電話に出る。

「何？　……え、今から？　なんで帰んなきゃいけないんだよ。無理。……あ？　意味わかんないんだけど。……は？　相河がそこにいるってこと!?」

「相河」と聞いて、琴音たちは一斉に龍太郎を見た。

龍太郎はため息をつきながら、「俺は帰んないから。は？　知らねーよ。じゃ」とス

マホを切った。

「相河がどうしたって？」と、すぐさま琴音が食いつく。

「……うちにいるらしい」

「栃木の？」と巧に聞かれ、思わず「群馬だよ」と反応してしまった。

それにしても、なぜ一輝が龍太郎の実家にいるのか。

「家庭訪問？」と真顔で言う桜に、龍太郎は「あるかそんなもん」と力いっぱい否定して、「うちの親が、泥棒だと勘違いしたんだって」と真相を明かした。

「泥棒!?」

琴音たちの声がカフェ中に響き渡る。

一輝に対する好奇心を刺激された琴音は、「私、行く」と立ち上がった。

「やっぱウケる。相河」

「絶対、面白いって。新庄、連れてって」

こうして四人は電車で群馬に向かった。

向かい合って席に座り、桜と琴音と巧はおやつにこんにゃくゼリーを食べている。旅行気分ではしゃぐ三人に対し、龍太郎は浮かない顔だ。相変わらずゼリーには手をつけず、車窓からの風景を眺めていた。

「そんなに家がイヤなの？」と琴音が尋ねた。

「親と仲悪いの？」と巧。

「……そうじゃなくて」と龍太郎は奥歯にものが挟まったような口調で、しぶしぶ告白した。

「……うちはダセぇことやってるから」

「ダセぇことって？」と琴音。

「……行けばわかるって」と龍太郎はなげやりに言った。


大学では、龍太郎たちが自分の授業をサボって一輝を追いかけていったのを知った樫野木が、教授室に飛び込んだ。

「こんなことを申し上げるのは何ですが、鮫島教授は、相河先生に甘すぎるんじゃないでしょうか」

だが鮫島は「そお？」と相変わらず飄々としている。

「学生たちにも悪い影響がありました。僕の授業を休んで、相河先生のところに行った学生が、四名もいたんです。どう思われます？」

「それは困ったな。どうしたらいいかな」と鮫島は思案を始めた。

ようやく問題に気づいてくれたか、と樫野木が安堵していると、

「あ、樫野木先生さ、もうちょっと授業に遊びがあってもいいんじゃない？」と矛先が樫野木に向かってきた。

「……僕は相河先生の問題について申し上げているわけで」

「ああ、そっち」

鮫島は、学生たちが樫野木の授業よりも一輝を選んだ理由を指摘したのだが、樫野木はそのことに気づかない。

「鮫島教授が、相河先生に甘いのは、その……家柄も関係あるんですか？」

「家柄？」

「住み込みの家政婦さんがいるような」

「ああ、山田さんは、相河先生の母親代わりなんだよ」

「え」

「小さいときに、両親亡くしてるからさ」

鮫島はそれ以上は言わずに話を切り上げてしまった。

一輝はタクシーから道路の両脇一面に広がったコンニャク畑をしげしげと眺めた。そ

ろそろ収穫期を迎える時季で、残念ながら葉は枯れてきている。茎と葉が枯れきったときにイモを掘るのだ。だが気の早い巨大なイノシシが畑を荒らしていた。一輝はタクシーを止めて畑に向かう。イノシシは一輝の姿を見て一目散に逃げていった。

あーあ……掘られたイモを手にしていたら泥棒と間違えられ、一輝は畑の主に吊るし上げられたのだった。

その主こそ、龍太郎の父親だった。

龍太郎の家はコンニャク製造業を営んでいた。畑でコンニャクイモを栽培し、工場で製品化する。保管庫も併設されていた。

一輝の濡れ衣はすぐに晴れ、龍太郎の父・徹（とおる）にコンニャクの製造過程を見せてもらうことになった。

まずは栽培したイモを見る。

「こうやってコンニャクイモが大きくなるまでには、三年かかります。水はけが悪かったり、日光が当たりすぎたら育ちません。風が吹いて葉っぱに少し傷がついただけでも病気になります。運がよくなきゃ育たないんで、昔は運玉って呼ばれてました」

「運玉。コンニャクイモを作るのって、大変なんですね」

一輝は徹の話に聞き入った。

「工場で精製された粉を買って、コンニャクを作ればラクだけど、うちはイモから作るのにこだわってきたんで」

「コンニャクの色は、どうして白っぽいのと黒っぽいのがあるんですか?」

「イモ自体の出来にもよるけど、イモからそのまま作ると黒くなって、粉から作ると白っぽくなります。最近は海藻を入れて、黒っぽくしてるものもあります」

「そうなんですね」と相づちを打ちながら、一輝は「食べてみていいですか」とイモを指さした。

「食えませんよ。イノシシだって、食べなかったでしょ」

「イモなのに食べられないんですか?」

「シュウ酸カルシウムっていう強烈なエグみがあって、生はもちろん、煮ても焼いても食えません」

「イモなのに食べられない」。一輝はじっと考え込んだ。

「わざわざ三年も使って、育てづらくて食べられないイモを作り、それを食べられるようにしたのがコンニャクってことですか?」

「はい」

「どうしてそんなことをするんですか?」

「さあ、考えたこともありません」

「どうやって食べられるようにするんですか？」

「石灰を混ぜるとエグみが抜けるんです」

「それって誰が考えついたんですか？」

矢継ぎ早に質問する一輝に、徹は怪訝な顔を見せる。なぜ、こんなに熱心なのか理解できなかった。

「……さあ。コンニャクは奈良時代にはありましたから」

「すごい発明です！　コンニャクって、すごいんですね」

瞳を輝かせる一輝に、徹は呆気にとられて目をしばたたかせる。

次はコンニャク作りの見学だ。マスクとキャップをつけ、一輝は工場に入った。手練りの作業に、つい前のめりになる一輝に、徹は「先生、下がってもらえます？」と注意する。だが一輝はいったんは下がるものの、またすぐに前にのめりになった。「下がってください」と何度も注意しながら、一輝の熱意は本物だと感じて、徹は嬉しくなってきた。

一輝が熱心にタマコンニャクの製造過程を見学していると、「先生」と聞き覚えのある声がする。振り返ると、琴音が工場の出入り口に立っていた。桜と巧もいる。三人はマスクやキャップをつけると、一輝に近づいてくる。

「あ、みなさん、こんにちは」

一輝は、驚くそぶりも見せず、自然に三人を受け入れた。

龍太郎だけは外で待つといって、ひとり工場の外で缶コーヒーを飲んでいた。

桜、琴音、そして巧も、一輝と並んで見学を始めた。機械の円盤がチェンジされ、シラタキが出てくる。

「あ、シラタキ」

「糸コンニャク」と、桜と琴音が楽しそうに声をあげる。

「シラタキと糸コンニャクって、どう違うの？」と琴音。

「知らね」と巧。

なんだかとらえどころのないコンニャクの世界だが、一輝は前のめりで見続けている。

琴音たちは、コンニャクよりも、一輝のその異様に熱心な姿が気になった。

見学を終えると、徹は一輝たちを家に招いた。夕飯をごちそうするという。

龍太郎もしぶしぶやってきた。実家だから当然といえば当然だ。

食卓に一輝、桜、琴音、巧と龍太郎、そして徹が座ると、徹の母・京子(きょうこ)がすき焼き

の鍋を運んできた。シラタキ、ネギ、豆腐を入れながら、

「たくさん食べてくださいね。シラタキは売るほどありますから」と、京子はやたらと陽気に振る舞った。それが龍太郎には気に食わないようで、「面白くねーから」とそっぽを向く。

気にせずに、京子は鍋に次々と材料を入れていく。

それを見て「あ！」と桜が固まった。

シラタキの隣に肉を入れたのを見て驚いたのだ。

「……すみません、うちは、糸コンニャクの横に肉を置いちゃいけないって」

「肉が硬くなるから。俺もそう思ってた」と巧が同意する。

「ガセだよ」と龍太郎が口を開いた。

「横に置いても上に置いても問題なし。アハハ」と京子が明るく笑った。

「だから面白くねーって」と龍太郎が苦い顔をすると、一輝が「面白いです」と鍋を覗き込んだ。

「コンニャクがこんなに面白いものだとは思ってませんでした」

「どういうこと?」と琴音。

「コンニャクはコンニャクイモからできています。そのイモは三年もかけて育てるんで

す。種イモを植えっぱなしじゃなくて、土の中で凍らないように、秋には種イモを掘り起こして、ひとつひとつ新聞紙にくるんで一三度以下にならないように倉庫で保管する。それを繰り返してやっと大きくなったイモには、シュウ酸カルシウムっていう強烈なエグみがあるから、そのままでは食べられません。石灰を混ぜることでエグみが取れ、イモからは想像できないコンニャクっていう食べ物になるんです」と言って、徹に「そうですよね」と確認をとる。一輝の記憶の正確さに、徹は舌を巻いた。

「コンニャクだけ見てると、その偉大さはわかりませんが、コンニャクの入っていないおでんはおでんとは言えないし、シラタキの入っていないすき焼きはすき焼きとは言えません」

一輝の熱いコンニャクトークに、「確かに」と桜も聞き入る。

「存在をなくしたときにこそ、その存在感を発揮する、本当に偉大な食べ物です」とコンニャクを称(たた)えた一輝は、徹に向かって「ありがとうございます」と深々と頭を下げた。

徹は面食らい、龍太郎は「……大げさなんだよ」と顔をしかめた。

そんな奇妙な状況に、「は～い、できました。召し上がれ」という京子のひとことが割って入る。鍋がグツグツとおいしそうに煮えていた。

「いただきま～す」。一同の声がそろった。

琴音と桜、巧は最初にシラタキを取る。それがコンニャクへの敬意だと思ったのだ。ところが、あんなにコンニャクについて熱く語っていた一輝は、最初に肉を取るではないか。え？　とみな、思わず箸を止める。

気にせず一輝は肉をうまそうに頬張る。いたって無邪気なその顔を見て、徹が噴き出し、京子もつられて笑った。

「おいしいです」と一輝は笑みを浮かべた。

「シラタキ、うま！」と巧。

「うん！」と琴音。

「この食感、なんていうか、うまく言えませんが、こんなにおいしいシラタキ、初めてです」と桜が丁寧に言った。

京子も「ありがとう」と嬉しそうだ。

一輝はようやくシラタキを取ると、じっと見つめた。

「こんなに作るのが面倒な食べ物、いつ絶滅してもおかしくなかったはずです。なのに、どうしてコンニャクは、千年以上もの間、絶滅せずに存在しているんでしょうか。謎です」

一輝と琴音たちは、龍太郎の家に泊まることになった。

一輝は山田に断りの電話を入れる。

「え、学生さんのお宅に泊まるってことですか？」

「はい」

「親しいおつき合い、してるんですね」

一輝がそんなことをするなんて、と山田は戸惑いを隠せない。

「ジョージの様子、見てもらえますか？」と一輝に言われ、山田は「はい、ちょっと待ってください」と一輝の部屋に移動した。

「部屋、入りますよ」とわざわざ断って中に入ると、水槽を覗く。

「もうお休みみたいです」

「明日の朝、七時にエサを置いてください」

「はい」

「忘れないでくださいね」

「はい」

「アラーム、かけたほうがいいと思います」

「……わかりました」

「かけました?」

「今ですか?」

「今すぐです。忘れないように」

「わかりました」

それから山田はこうつけ加えた。

「一輝さんも忘れないでください」

「……何のことですか」

「歯医者さんへのお土産です」

だが一輝は反応しない。

「もしもし」

「それ、必要ですか?」

「もちろんです」

一輝は納得していない様子だったが、かまわない。これが何かのきっかけになればいい。山田はそう思っていた。

その夜、育実は診察時間後もクリニックに残ってレセプトの整理をしていた。机の傍らに置いたスマホの着信音が、ＬＩＮＥメッセージが届いたことを知らせる。鳥飼からだ。育実はすぐさまＬＩＮＥを開いた。

〈今、どこ？〉
〈クリニック。まだ仕事〉
〈ごはん、食べた？〉
〈まだ〉
〈これから、行ってもいい？〉

育実が落ち着かない様子で待っていると、しばらくして、鳥飼がクリニックにやってきた。手にはタコ焼きの包みを持っている。

「……忙しそうだね」
「うん……落ち着いたら、連絡しようと思ってたんだけど」
「……俺も、あれっきりになってて、ごめん」
「ううん」
「タコ焼き買ってきた」

「ありがとう」

鳥飼は診察室のテーブルにタコ焼きや鞄、スマホを置くと、「トイレ借りるね」と診察室を出ていった。

育実がまだあたたかいタコ焼きを袋から出そうとしたとき、ちょうど鳥飼のスマホにＬＩＮＥメッセージが届いた。なんとなく画面に目をやると、

〈鳥飼さん　早く来てくださ～い　待ちくたびれました〉

甘えたような文面と、かわいいキャラクターがプンプンと拗ねている絵文字が見えた。

育実は胸がざわざわして、目をそらした。

見られたとは知らない鳥飼は、ハンカチで手を拭きながら戻ってくる。そしてスマホをチェックすると、「あ、ごめん。会社戻らないと」と焦りだした。

育実は平静を装って尋ねた。

「……どうしても戻らないといけないの？」

「後輩がパニくってる」

「……後輩？」

「ごめん、明日、会える？」

「……いいけど」

「じゃあ」と鳥飼はタコ焼きを残して慌ただしく帰っていった。

本当に後輩？　……育実の胸のざわつきは収まらず、仕事が手につかない。


同じ頃。夕食を終えた一輝は、龍太郎たちを連れてぐんま天文台を訪れていた。

「星がよく見えます」と言う一輝に、

「そうなの？」と琴音がぼんやり空を仰ぐ。

「わかんねーのかよ。東京と全然違うだろ」と龍太郎に言われて、「空なんて、見ないもん。見る？」と桜に振った。

桜も「見ない」と言う。

「先生は、どうして大学の先生になったんですか？」と琴音は尋ねた。空よりもそっちに興味があった。

「鮫島先生に頼まれました。最初は、あまり気が進みませんでしたが、面白いと思うことを話せばいいって言われました」

「その前は、何をしてたんですか？」と桜。

「フィールドワークです。鮫島先生やいろんな先生に声をかけてもらって参加しました。バンクーバーでシャチの個体数調査とか、タイの森でゾウの食性調査とか、国内ではヤクシマザルの群れの行動調査とか」

「それってお金、もらえるんですか？」と巧が聞く。

「はい。大体、日当というかたちです」

「いいな。好きなところ飛び回って、お金もらえて」

「はい、ありがたいです」

「うちとは大違い。毎日毎日、おんなじこと、何十年もよくやるよ」と龍太郎は不服そうに言った。

「同じじゃないです」

「え？」

「その日の天気で、石灰とコンニャクイモの割合が変わります。気温や湿度、その日の水のpHによっても、微妙に割合を変えているそうです。すごいです、お父さん」

「は？　肉ばっか食べてたくせに。なあ？」

素直じゃない龍太郎に、琴音、桜、巧が笑っていると、「あっ」と一輝が声をあげた。

「流れ星」

龍太郎たちも空を見上げた。「あ〜」と思わず大きな声が出る。

次々と星が流れていく。

流星群を堪能し、天文台から龍太郎の家に戻ると、男女別に分けられた部屋で、おのおの寝る準備を始めた。

布団を敷きながら、「やっぱり相河、面白い」と琴音は楽しそうだ。

「うん」と桜も異論はない。

「これ、使ってね」と京子が着替えを持ってきて、「私も女子会に入れてもらおうかしら。アハハ」と笑いながら出ていった。

「あ、見て」

琴音はスマホを取り出し、一輝のスマッキングの写真を披露した。

「わっ……え……」と桜は目を白黒させる。

「チンパンジーのスマッキングだって」

「……びっくりした」

「かわいくない？」

「……青山さんは、先生のこと、好きなんだよね」

その質問を琴音は否定しなかった。

「……青山さんが、羨(うらや)ましいな。自分に自信があって」

「私、自信あるの？　初めて知った」

琴音は人ごとのように笑った。

「いいところだよな。俺はずっと東京だから、羨ましいよ」

巧にそう言われ、龍太郎は「……いいよ、気つかわなくて」とバツが悪そうに言う。

「まだわかんね？　誰も田舎やコンニャク屋をダサいなんて思ってない」

「わかってるよ。コンニャク屋をダサいって思ってる俺が一番ダサいって。でも、しょーがねえじゃん。やっぱ胸張って言えないんだよ。コンニャク屋だってこと」

「……ま、俺としては、コンニャクに礼を言わせてもらう」

「は？」

「中二のときにさ、男ばっかで集まってエロ動画見たときに」

「てめえふざけんな！　それ以上言ったら、ぶっ飛ばす」

カッとなって龍太郎は思わず枕を投げる態勢をとった。

「……ウソ」と巧はニヤリとした。

「コンニャクに愛あるじゃん」

巧は龍太郎を試したのだ。そうとわかって龍太郎は気恥ずかしくなり、「愛とか言ってんじゃねえよ」と、振り上げた枕を軽く巧に向けて投げる。巧も投げ返して、ふたりは敷いたばかりの布団の上でドタバタとじゃれ合った。

そこに風呂上がりの一輝が、タオルで頭を拭きながら戻ってきた。

「……おまえも入ってこいよ」と龍太郎は巧に風呂をすすめる。

一輝は「お休みなさい」と言ってさっさと布団に入る。

「電気、消してもいいですか？」と一輝が言うので、龍太郎は電気を消して、巧と一緒に廊下に出た。

「いー」

奇妙な声が聞こえ、龍太郎と巧は部屋を振り返った。

「何、今の」と龍太郎。

「知らね」と巧。

ふたりは顔を見合わせて、首をかしげた。

巧が風呂に入っている間、龍太郎は居間で時間をつぶすことにした。と、お茶を飲んでいた京子が、龍太郎に話しかける。

「みんな、いい人たちね。先生も、いい先生だし」

「どこが」

「大学の先生が、コンニャクを偉大だって言ってくれたのよ。お父さん、ものすごく嬉しかったと思うな」

そういう京子の顔も、とても満ち足りて見える。龍太郎は胸を打たれた。


翌朝は快晴だった。

徹と工場のスタッフが、コンニャク作りの準備を始めている。龍太郎はひとり先に起きて、そっとその様子を眺めていた。そこへ、一輝が「おはようございます」とやってきた。見れば、すでに帰り支度をしている。一足先に帰る気でいるようだ。

京子が送りに出てきて、「先生、コンニャク持ってってください。重くて迷惑かなでも食べてください。アハハ」と、コンニャクが入ってずっしりと重い袋を差し出す。

「それ、マジで重すぎだろ」と龍太郎が咎めたが、一輝は素直に「ありがとうございます」と受け取った。

「お父さん！　先生、お帰りだって」

京子に呼ばれて徹がすっ飛んできた。

「先生、息子をよろしくお願いします」と徹が頭を下げるので、龍太郎は「いいから、そういうの」と照れた様子を見せる。

一輝も徹と同じくらい大きく、頭を下げた。

頭を下げ合っている一輝と徹を、龍太郎は困ったような、気恥ずかしいような、複雑な思いで見つめた。


一輝は群馬からの帰りに、義高の工房に立ち寄った。

「新庄さんちのコンニャク」と差し出すと、義高は土をこねながら、顔を上げる。

「イモから作ったコンニャクか」

「うん。手練り。わかるの？」

「ああ。ちょっとだけかじった」

「え、コンニャク作ったことあるの？」

「むかーし、コンニャク屋の娘に惚れたことがある」

「お」

「お目々ぱっちりの、きれいな子だった」

義高は遠くを見るような目をして「結局ふられたけどな」とニヤリとした。

「おお～」

「こっぴどく、ふられたよ」

「よかったね。おばあちゃんもそう言ってる」

一輝は笑いながら仏壇に飾ってある祖母の写真を見た。

「……そういやあ、歯の治療は終わったのか」

「まだだよ」

「そうか。ま、一輝は男前だから」

一輝は義高の言葉の意味がわからないままに、「森に行ってくる」と立ち上がった。

一輝は森の奥の山小屋にやってきた。一輝はここで、リスが渡る橋を、さまざまな素材で試作していた。リスがどの素材の橋を渡るかの実験をしようとしているのだ。大学の卓球部からは卓球台のネットをもらってきたりして、いろいろな素材を集めて山小屋に保管している。

家に戻ると、山田は一輝がもらってきたコンニャクを使って料理を作り、食卓に並べた。

「新庄さんちのコンニャクですか?」

「はい。ピリ辛コンニャクを作ってみました。前に大河原さんが、作り方を教えてくれたんです」

一輝はピリ辛コンニャクに箸を伸ばすと、口に運ぶ。山田は一輝の反応をじっと観察した。

「おいしいです!」

「よかったです」

「たくさんもらったので、しばらくピリ辛コンニャクですね」

「あ、そこに、歯医者さんに渡す分、分けておきましたから」

と山田が言うと、一輝は返事をせずに何かを考え込んでいた。

「……どうしました?」

一輝が黙ったままなので、山田は顔を曇らせた。

「あ……もしかして、歯医者さんとケンカでも――」

「ずっと考えてるんですけど、まだわかりません」

「え?」

「どうしてコンニャクは絶滅せずに、存在してるんでしょうか」

山田に答えられるはずもない。

「謎です」

一輝は感慨深げに、ピリ辛コンニャクを噛みしめた。

同じ頃、育実の部屋を鳥飼が訪ねてきていた。

「タコ焼き、どうだった？　うまかったでしょ」

「……ああ、うん」

「あれさあ、会社のヤツが絶対うまいって言うから食べてみたらホントにうまくて。絶対、育実も気にいると思ったから」

育実は鳥飼のＬＩＮＥを見てから気が気ではない。タコ焼きの話など、上の空だった。

「……さっきから、機嫌悪そうだけど」

「……別に」

育実がブスッとしているので鳥飼は「帰ったほうがいい？」と気遣った。

「俺と一緒にいても、楽しそうじゃないし」

「それは、雅也のほうじゃないの？」

「……俺があんなこと言ったから？　育実は俺のこと下に見てるって。それに、雑誌のこともあるし。……でも、あれは……俺が自分にイラついてただけで」

今、育実が引っかかっているのはそこではなかった。

「雅也には、もっと合う人がいるんじゃない？」と試すように切り出す。

鳥飼の顔色が変わる。やはりほかに女がいるのか、と育実は一瞬、思ったが、

「……そっか。やっぱ俺じゃダメってことか」と鳥飼は肩を落とす。

予想外の反応に、育実は戸惑った。

「そうだよな。育実は俺がいなくてもやっていけるし」と鳥飼はうなだれた。そして、しばらくして鳥飼は、「……わかった」と声を強めた。

「育実が、そう思ってるならしょうがないよ」

私が？　女の子とＬＩＮＥしていたのは鳥飼ではないかと、その反応に育実は苛立つ。鳥飼はそんな育実をよそに帰る準備を始め、「……育実にとって、俺ってなんだったんだろうな」と、寂しそうに出ていった。

どうしてそんなことを言うのだろう。育実は、混乱するばかりだった。


翌日、一輝は山田お手製のピリ辛コンニャクを研究室に持参し、樫野木に容器ごと差し出した。

「山田さんが新庄さんちのコンニャクで作ったピリ辛コンニャクです」

「……新庄さんって誰？」

「コンニャク屋の新庄さんです。ピリ辛コンニャクを作ったのは山田さんです。樫野木

先生は独身で料理をしないかもしれないからって」

「……気が利くんだね、山田さん」

「ありがとうございます」

樫野木は容器にたっぷり詰まったピリ辛コンニャクから目を離すと、一輝を睨んだ。

「ところでさ、授業ドタキャンてどういうこと？」

「届を出さなかったこと、熊野事務長に謝ってきました」

「紙切れ一枚でも、届は重要なんだから」

「紙切れ」と「届」と聞いて一輝は気になっていることを聞いた。

「樫野木先生は、どうして離婚したんですか？」

離婚に関する話は樫野木の地雷である。ダメージを受けた樫野木は押し黙った。

「グッジョブ」

アリに向かってしゃべりかける沼袋のところにも一輝は寄っていき、

「山田さんが新庄さんちのコンニャクで作ったピリ辛コンニャクです」

と容器を置いた。

沼袋はアリから視線を離すことはなかったが、一輝が容器をデスクの端に置いて去ると、アリに向かって「サンキュー」と小声で言った。

一輝が「どういたしまして」と返事をするので沼袋はギョッとした。聞こえていないはずなのに、と思って沼袋は珍しく視線を動かし、背後の一輝をチラリと見てから、アリに向き直ると「ホワイ？」と話しかけた。

一輝はピリ辛コンニャクの入った容器を持って、教授室に入ろうとしたが、樫野木に「鮫島教授は出張だよ」と教えられ、引き返す。

その日の講義を終えた一輝が、自転車に乗って帰ろうとしていると、背後から「一輝君！」と、かわいらしい声がした。振り返ると虹一が笑っている。

「くると思った」と一輝も笑う。

一輝は虹一を中庭に連れていくと、スマホの写真を見せた。そこには実験中のいろいろな橋が写っている。

「それぞれの橋にエサを置いてある。リスがどのエサを運んでいったかで、どの橋が好きかがわかる」

「すごい！　僕も行きたいなー」

「お母さんに話してみる？」

「絶対無理。塾だって、行きたくないって言ったけど、無理だった」

虹一はしょんぼりした。それから「勉強、好きだった?」と一輝に聞いた。

「理科が好きだった」と一輝が答える。

「先生だもんね」

「うん。虹一君は、図工?」

「うん。あと体育。それと、読み聞かせ。ときどき、ボランティアの人がきて、読んでくれる」

「物語が好きなら国語は?」

「……教科書見ると、頭痛くなる」

虹一はリュックから国語の教科書を取り出し、「一輝君、読んで」と差し出した。


診察室で育実と祥子が昼食をとっていると、遅れてあかりが出勤してきた。

「遅くなって、すみませんでした」

あかりの顔色が悪いので「大丈夫ですか? 体調でも悪かった?」と育実が心配すると、「いいえ、全然違います」と言う。

「出かけようとしたら、彼と険悪になっちゃったんです」

「……それで?」

「出るに出られなくて」

育実はあぜんとなる。

「彼が何を考えてるかわからないし。でも、私のほうから自分の気持ち、素直に話したら、彼もちゃんと話してくれました〜」

育実の顔色のほうが悪くなっていることに気づいて祥子はハラハラするが、あかりはまったく気にせずヘラヘラしている。

「だから、もう大丈夫です。ご心配、ありがとうございます」

育実は黙っていられず「仕事、なめてます？」ときつく言う。

「話が終わらなくても、終わらせて、仕事にいくべきですよね？」

あかりはきょとんとした顔で黙っている。

「責任ってもんがないんですか？」と育実が責めると、

「午前中は、定期健診やクリーニングの予約が入ってなかったし」と言い訳する。

「そういう問題じゃないですよね」

あかりは反省するどころかムスッとした顔を見せたので、育実は「私、間違ってます？」と問い詰めた。すると、あろうことか、「えーっと……私が謝ったほうがいいってことですか？」と、あかりはとぼけたことを言う。育実は頭に血が上った。

「私、間違ってませんよね？」と、育実は祥子に同意を求めた。

ところが事を荒立てたくない祥子は黙っている。雇用者は育実だが、いつも行動をともにするのはあかりなので関係を悪くしたくないのだ。

どいつもこいつも！　怒りが頂点に達しそうになったとき、育実のスマホが鳴った。例のファッション誌の編集者・戸川小百合からだった。


小百合に誘われて、育実はその夜、レストランで食事をすることになった。むしゃくしゃしていたので誘いはありがたかった。それに、人気ファッション誌の編集者・小百合の選んだお店は素敵なところだった。

「すみません。急なお電話」

「いえ」

「ずっと、一度お食事を、と思っていたので」

「ありがとうございます」

楽しく食事が進むなか、小百合は「そうそう、真鴨不動産の鳥飼雅也さんって、お知り合いですよね？」と言いだした。

「……はい」と育実が答えると、「もしかして、彼氏？」と掘り下げてくる。

「……いえ。……あの、どうして……」

「二週間くらい前だったかな、物件のことで、お世話になったんです。それで、うちの雑誌の話になって」

鳥飼が「知り合いが出てたので。歯医者なんですけど」と言うので、育実の話になったという。

「鳥飼さん、先生のこと、嬉しそうに自慢してたから、もしかして彼氏かなって思って」

「……自慢？」

小百合から、鳥飼が嬉しそうに、「ホントに彼女は頑張り屋なんですよ。いつも頑張ってて。彼女が雑誌に載って、僕もちょっと誇らしくなりました。彼女のこと、応援してるんです」と言っていたと聞いた育実は、心がかき乱されて、食事が喉を通らなくなる。

翌日、一輝は再び教授室を訪ねて、ピリ辛コンニャクの入った容器を鮫島のデスクに置いた。

「山田さんが新庄さんちのコンニャクで作ったピリ辛コンニャクです」

「これはうまそうだ」と鮫島は嬉しそうに容器を覗き込む。

「はい。とてもおいしいです。お酒のつまみに合うって、山田さんが言ってました」

「嬉しいねえ。ありがとう」

「どういたしまして」

「相河先生らしいよ。コンニャクイモの観察に群馬まで行くなんて」

「違います」

「え」

「天文台に行くためです」

さすがに鮫島は、すぐ反応した。

「ああ～、オリオン座流星群？」

「はい」

「そっちね」

一輝は、オリオン座流星群を見に天文台に向かう途中、たまたまコンニャク畑を荒らすイノシシを見つけてタクシーを下り、そこで龍太郎の父親にコンニャク泥棒に間違えられたのだ。

「すごくきれいなものを、天体が地球に見せてくれました」

「見せてくれた……か」

「はい。……あ」

「どうかした？」

「謎が解けました」

一輝は脇目もふらず教授室を出ていった。一輝のそんな言動には慣れっこの鮫島は、微笑んで見送る。


どうしてコンニャクは絶滅せずに、存在しているのか。

天から啓示を受けたようにその謎に気づいた一輝は、先日、コンニャクの謎について語り合った山田に教えてあげようと、自転車を全力で漕いだ。と、水本歯科クリニックの近くにさしかかったとき、前方を歩いている育実に気づく。そして育実に追いつくと、「こんにちは」と自転車を止めた。

一輝はおもむろに、リュックからコンニャクの入った袋を取り出すと「コンニャクです。どうぞ」と手に持たせた。

え、といったんはコンニャクの入った袋を見つめたものの、育実は「……私、料理しないし、したとしても、コンニャクって味も素っ気もないし――」と遠慮がちに押し戻そうとする。

だが、一輝は「コンニャクって、普段、気にしなければまったく気にならない存在じゃないですか」といつもの調子で唐突に話し始める。

「でも、コンニャクの歴史はとても古くて、なんと、奈良時代からなんです。コンニャクは、コンニャクイモからできてるんですけど、そのイモは、とてもデリケートなので、環境を整えるのが、すごく大変なんです。しかも一年では収穫できなくて、三年かけて育てるんです」

一輝はいつにも増して饒舌だ。なぜなら謎が解けたから。このことを誰かに話したくて仕方なかった。

「そのイモは、強烈なエグみをため込んでいます。何のためにエグみをため込んだんでしょうか？　動物に食べられないようにするためです。いつか、人間が食べられる方法を発明するって知ってたからです。そして人間は、本当に食べられるようにしました。石灰を混ぜてエグみを取り、プルップルした唯一無二の食感のコンニャクをこの世に誕生させたんです。このコンニャクの見た目からはまったく想像できない、人間とコンニャクイモの思いが詰まっています。そうなんです。コンニャクを味も素っ気もないものだと思って見ると、そうでしかないんです。でも、その奥に隠れた見えないものをちゃんと見れば、そのすばらしさを感じることができるんです。それを僕たちに見せるために、コンニャクは存在しているんですよ！」

　育実にはわけがわからなかったが、一輝の話を辛抱強く最後まで聞くと「……そうですね」と相づちを打った。

「はい」と満足そうな一輝に、コンニャクをそっと返した。

「これ、せっかくですが……」

「ものすごくおいしいですよ」と言われたが、育実は目をつむってぐいっと一輝に押しつけた。

「つくづく自分が嫌になります」

　そう言うと育実は逃げるようにその場から去った。


　数日後、一輝は構内で龍太郎を見つけて、話しかけた。

「ようやくコンニャク、食べ終わりました。ごちそうさまでした」

「……俺が作ったわけじゃないんで」

「新庄さんもコンニャクを作るんですか？」

「……作るわけないし」

「そうですか」とだけ言うと、一輝は「じゃあ」と歩き出す。

「……あの――」と龍太郎が一輝を呼び止め、もじもじしながら「……作ったほうがいいのかな」と聞いた。

「どうしてそう思うんですか？」

「……だって、先生がコンニャクすごいって言うし……親だって……俺がコンニャク屋やるって言ったら……嬉しいと思うし」

ところが一輝は龍太郎の予想の斜め上をいく返事をした。

「僕が新庄さんなら、作りません」

「……はあ？」

「作りません」

一輝はもう一度きっぱりと言った。龍太郎は落胆する。

「……わかりました。聞いて損した」

背中を押してもらえると思ったのに、なんだかがっかりだ。

ふてくされて、少し離れたところにいる琴音と桜、巧のところに行く。

「どうかした？」と巧が心配そうな顔で見つめている。

「……別に」と龍太郎は顔を背けた。

そのとき、琴音が空を指さし素っ頓狂な声をあげた。何事かときれいに塗られたネイルの先を追うと、長い長い飛行機雲が青い空を切り裂くのが見えた。

これまで空なんてろくに見上げたことがなかった四人は、清々しい気持ちになった。

飛行機雲が尾をひく方向、中庭の茂みには一輝がいた。龍太郎と離れたあと、ひとり散歩をしていた一輝は、樹木の間に何か気配を感じ、目をこらすと嬉しそうに叫んだ。

「ムササビ！」

森に近い大学にはときどき、動物たちが遊びにくる。

一輝は、サプライズを見つける天才だ。

第5話

割れた青い器のかけらからのそりと出てきたカメのジョージは、出かける準備をしている一輝をじっと見つめた。

朝七時に起きて、山田が作った朝食を食べ、赤いリュックに荷物を詰めて八時には家を出る。この繰り返しにもだいぶ慣れた一輝だが、この日は、リュックの底に何かが引っかかっていることに気づいた。中を探ると、コンニャクの入った袋が出てくる。龍太郎の実家でもらったものを、育実に渡そうとしたところ「せっかくですが」と突き返されたものだ。

一輝は袋を片手にぶら提げて部屋を出ると、ダイニングルームのカウンターに置いた。

「……これ、歯医者さんに渡したはずじゃ」と山田が訝しむ。

「忘れてました」

「えっ、渡さなかったんですか?」

「渡したけど返されて、リュックに入れてたのを忘れてました」

「返されたって……」

「行ってきます」

いつものように自転車で出勤し、駐輪場に自転車を置いて、研究室に向かう。だが途中、目の端をよぎったあるものに心惹かれてしゃがみこんだ。クロオオアリだ。その活動が面白く、観察し始めたら夢中になって、チャイムが鳴ったことに気づかない。結局、熊野に叱られるまで、一輝はクロオオアリの観察を続けた。

「すでに五分遅刻です。あ、六分！　本当に困ります！」

熊野にせかされて教室に向かうと、入り口の前に女子学生がふたり立っていた。「君たちも遅刻？」と熊野が聞くと、ひとりが「相河先生の授業、取ってないんですけど、聞いてもいいですか？」と懇願するような目で聞いてくる。

「……なんで？」

「面白いって噂なんで」

熊野は耳を疑ったが、一輝は平然と「ありがとうございます。どうぞ」とふたりを伴って教室に入った。

今日の講義のテーマは「アリ」だ。

琴音、桜、巧、龍太郎など、いつもの学生たちに交じって、先ほどの女子学生たちも講義を真剣に聞いている。

「昔、繁殖に有利な個体だけ生き残ると考えられていた時代がありました。その時代、働きアリは大きな謎でした。これは女王アリと、その娘たちである働きアリです」

スライドに女王アリと働きアリたちの画像を映しながら、一輝は語る。

そのとき廊下を沼袋が通りかかり、「アリ?」と足を止めて授業に聞き耳を立てていることに、一輝は気づきもしなかった。

「働きアリは全員メスなんです。なのに、卵を産みません。繁殖行動をしないのに、なぜ働きアリという存在はなくならなかったのか? それが大きな謎でしたが、そこには理由があったんです。この働きアリ、実は、自分で卵を産むよりも、遺伝子をより多く残す方法を知っていたのです」

「え~?」

学生たちは好奇心に満ちた声をあげた。

「働きアリたちはみな、同じ女王アリの卵から生まれるので、姉妹ということになります。そして、自分の持つ遺伝子が、別の個体とどのくらい合致しているかを血縁度と言いますが、働きアリが自分で卵を産んだ場合、その子供との血縁度は0・5です。一方、自分の姉妹たちとの血縁度は0・75。そこから見えてくるのは、働きアリが自分で卵を産むよりも、妹たちを育て、高い血縁度で遺伝子を残すのが彼女たちの選択だということです」

スライドには働きアリの血縁度（母娘＝0・5。姉妹＝0・75）や遺伝子の図が映し出される。

「働きアリは繁殖行動をしなくても、後世に遺伝子をつなげるという自分たちの願いを叶えているんです」

沼袋は一輝の話を聞いて、「グッジョブ」と満足そうに立ち去った。

「願いか……」と琴音が思わせぶりにつぶやくのを、桜は不思議そうに見た。

「では、働きアリの場合、なぜ姉妹のほうが血縁度が高くなるのか、そのカラクリを考えてみましょう」という一輝に、巧は「ダル……」とぼやく。

「先生」と琴音が手を挙げ、「先生の願いは何ですか？」と聞いた。

なんと答えるのか、学生たちの注目を集めながら、一輝は少し考えて「ないですね」と答える。

「え、何も？」と龍太郎は耳を疑う。

一輝は「今は、思いつきません」と、あっけらかんと答えた。

その晩のおかずにはピリ辛コンニャクが出された。

例の育実に突き返されたコンニャクに、ピリッと辛味が効いていて、一輝は「おいしいです」と噛みしめる。

「……コンニャク、どうして歯医者さんに受け取ってもらえなかったんですか？」

山田もコンニャクをつまみながら、ひどく残念そうな顔をした。

「わかりません」

「何か気を悪くさせてしまったんでしょうか？」

すると一輝は「やっぱりおかしくないですか？」と山田の顔を責めるように見た。

「どうして歯医者にコンニャクを渡す必要があったんですか？」

「どうしてって……お土産、嬉しいと思いますよ」

「山田さんが渡したほうがいいって言うから渡したけど、いらなかったじゃないですか」

「……コンニャクがいけなかったんでしょうか……。あ！　料理しないとか」

「そういえば、そうみたいです」

「……なんだ、そうだったんですね。……え！　なんで知ってるんですか？　もしかして、お部屋に行ったんですか？」

俄然、浮足立つ山田に、一輝は憮然とする。

「行くわけないじゃないですか」

そしてさらにつけ加えた。強く。

「行く理由がありません」


一輝にコンニャクを突き返した育実は、その日の朝、クリニックの待合室で、中国人講師による中国語会話のレッスンを受けていた。

「いつから痛みますか」

「昨日です」などと、治療に使う簡単な会話を中国語で交わし合っていると、あかりと祥子が出勤してきた。

「ザオ」と中国人講師に挨拶されて、あかりと祥子は面食らった。

「どうしたんですか？　急に」と尋ねるあかりに、育実は答えた。

「中国語で対応できれば、もっと患者さんを診られますから。特に銀座のクリニックは、これから需要が高まっていくと思うし」

「すごい向上心ですね」と祥子は尊敬の眼差しを向ける。

「いえ、まだまだです」

「大丈夫なんですか？　勉強会の予定もいっぱい入れてたじゃないですか」

「朝なら、確実に時間を確保できるから」

あかりも祥子も「へ～」と舌を巻いた。

「料理教室は、行けてるんですか？」とあかりが余計なことを言うが、育実はさらりと受け流した。

「いえ、今は、仕事を優先させたいので。あ、それと、子供向けの歯磨きイベントをやろうと思うんです」と言うなり、「はい、こんな感じで」とイベントの概要を書いた紙をふたりに差し出す。

「え、日曜日」と祥子があからさまに戸惑いを顔に出した。

「大丈夫ですよ。私が全部準備するので」

困惑するあかりと祥子にかまうことなく、育実は中国語講師にお礼を述べると、診察室へ入った。

待合室に残ったあかりは、「院長、彼氏と別れたんじゃないですか？」と推理した。

「最近おかしいと思いません？」

「おかしいっていうか、仕事は割り切ってるなって思ってたけど」と、祥子はニュートラルな反応だ。

「それですよ。あの仕事の頑張り方、絶対そうですよ」

あかりと祥子は、診察室の育実の姿を眺めた。その視線を感じて「何か」と育実が問う。「いえ」とふたりはそそくさと自分の仕事に着手した。

一日の診察が終わり、祥子とあかりが帰宅したあとも、育実は帰らない。ひとりパソコンで歯磨きイベントのチラシを作り始めた。

もうずっと、育実は何よりも仕事を優先してきた。それに迷いはなかった。

ふと、鳥飼の「……育実にとって、俺って何だったんだろうな」という言葉が脳裏をよぎったが、それを振り払ってチラシ作りに没頭した。

最近の一輝の楽しみは、リスの橋の素材選びのための実験と、その結果を検証することだ。大学での講義がなければ、一輝は森に足を運び、いくつかの橋にエサを置いて、そのエサの減り具合などを調べては、橋の試作を繰り返していた。

ある日、大学の中庭で一輝は虹一と落ち合った。一輝は何種類もの橋の写真をスマホで見せた。

「実験の結果、防鳥ネットと麻布(あさぬの)で作った橋のエサが、一番運ばれてた」

「すごい！　イエス」

「イエス」

ふたりは軽やかにハイタッチした。

しかし、すぐに虹一はうなだれてしまう。

「僕もやりたいな。無理だけど」

「やっぱり一度、お母さんに聞いてみたら？」

「だから無理だって。お母さんは、自分の思いどおりにならないと、気がすまないから。今度も、歯医者のやつに無理やり行かされる」

「歯医者のやつって？」

「歯医者さんが、虫歯の話、するんだって」

「行きたくないの？」

「うん」

そのとき、一輝は「あ」と声をあげた。

「どうして悪くなった歯を虫歯っていうんですか？」と育実に聞いたときのことを思い出したのだ。

「……まだ解けてない謎がある」

「どんな謎？」

「どうして悪くなった歯を虫歯っていうのか」

「確かに謎だな」

「うん。……あ、その歯医者の話、お母さんも一緒？」

「そうだけど」

「そのとき、僕がお母さんに、森に行っていいか話してみようか」

「え」

「何しに行くかを全部説明すれば、わかってくれるかもしれない」

「……そうかなあ」と虹一は懐疑的だが、一輝はやる気満々だ。

「歯医者の話、いつ？」

「日曜日」

「今度の？」

「うーん……多分」

「場所は？」

「……わかんない」

よほど行きたくないようで、虹一はほとんど情報を持っていなかった。これと決めたら猪突猛進の一輝は、虹一と別れると、水本歯科クリニックにイベントについて聞きに出かけた。電話一本ですむところだが、そうしないのが一輝である。

まさかその日、山田がきているとは知る由もなかった。

山田は水本歯科クリニックの診察台に、緊張でしゃちほこばって座っていた。やってきた育実の顔を山田はじっと見つめた。マスクをしているが、なかなか美しい人だと想像した。背がすらりと高く、スタイルもいい。

その熱い視線を育実に気づかれたようで、「あ、すみません、お若い院長先生だなと思って」とごまかす。

「ご近所の方ですか？」と育実は尋ねた。

「……そうでもないんですけど」

「……どなたかの、ご紹介ですか？」

「いえ、そうじゃないんですが、評判を聞きまして」

「……なんか、ありがとうございます」

「いえいえ、こちらこそ」

「今日は、どうされました？」

「歯がちょっと、しみまして」

診察はつつがなく終わり、育実は「特に問題ないですから、大丈夫です」と言って、山田の椅子を起こす。

「ありがとうございます。丁寧に診ていただいて」

「お大事になさってください」

「でも、大変ですよね？　先生おひとりで患者さん診てたら」

「いえ、こぢんまりやってます」

「もし、ご結婚なんてことになったら」と山田は先走り、「あはは、すみません、私ったら」と濁しながら椅子から立ち上がった。

あたふたと診察室から出てくると、そこにいたのは一輝……ではなく、隣の診察室から出てきた鮫島だった。あかりに定期健診を受けていたのだ。

ちょうどそのとき、すでにイベント情報を祥子から聞いた一輝は、クリニックをあとにしていた。

鮫島と山田が、顔を見合わせて驚いたような様子に、祥子は「……お知り合いですか？」とふたりの顔を交互に見比べる。

「いえ」と山田は首を横に振る。鮫島は黙っていた。

ふたりは素知らぬ顔をして別々にクリニックを出たが、外で合流し、何とはなしに近くの甘味処へ向かった。

「先ほどは、本当に失礼いたしました」と山田は丁寧に頭を下げた。

「まさか山田さんに会うとは」と鮫島はニコニコしている。

「一輝さんが、本当にお世話になっております」

「いやいや、助かってるのは俺のほうだから」

「そんなふうに言っていただけるなんて、ありがとうございます。ご迷惑でなければ、ぜひ、またうちにいらしてください」

「嬉しいねえ。俺、山田さんの料理のファンだから」

「ありがとうございます。……それで……私が歯医者に行ったこと、一輝さんには……」

「育実ちゃんの偵察に行ったとは、言いづらいよね」

鮫島にからかわれて、山田は困ったような顔になる。

「そんな、偵察だなんて……」

「気になってるんでしょ。一輝と育実ちゃんのこと。そりゃあ当然だよ。山田さんは、母親みたいなものだから」

「……いえいえ、ちょっと舞い上がってしまいました。一輝さんに浮いた話だなんて、大学のとき以来ですから」

「ああ、年上の彼女ね」

「……一輝さん、鮫島先生もご存じのとおり、マイペースで、自分の世界の中で生きてるようなところがあって、なかなか人と親しくつき合うことがなかったですから」

「大丈夫ですよ、あいつは」

「……はい。学生さんとも楽しそうにやってるみたいで、人とのつながりができ始めてるのかなって。本当に、鮫島先生のおかげです」

「でも、一輝が、それこそ結婚なんてことになったら、山田さんも寂しくなるねえ」

「いえいえ、喜んでおいとまします」

山田の言葉の裏にあるものを感じ取り、鮫島が言った。

「あ、でも、育実ちゃんは、家事しないいんじゃないかな。うちのことやってくれる人がいたほうが、いいかもね」

「本当ですか?」と、たちまち山田の顔が輝いたので、

「山田さん、同居する気、満々じゃないの」と鮫島は笑った。

「いえ、とんでもないことです」

ようやく硬かった山田の表情がほぐれた。鮫島と顔を見合わせて笑い、注文したあんみつに少し口をつけたあと、神妙な顔をして「あの、それで」と続けた。

「実際のところ、一輝さんと水本先生、どうなんでしょう」

「あのふたり？　ま、全然違うよね」

え……、山田ははぐらかされたようで、スプーンを持つ手を止めた。

一輝が森にくる回数は増えていた。

その日も朝から橋を架けることに没頭していたが、これがなかなか難儀なことで四苦八苦している。

太陽が真上に昇り、一輝はいったん義高の工房に向かった。

「おじいちゃん、おなか減った」

「ん」

義高の作った昼食を食べながら、一輝は夢中で今やっていることについて話す。このやりとりは、二十八年前と変わらない。

「それで、橋をそれぞれの木に固定するのが難しくて、あっちの木とこっちの木、同時に固定できるアイディアを考えてるんだよ」

「道のこっちの世界とあっちの世界をつなぐ橋ってわけか」

「うん」

義高は箸を置くと、「一輝」と語りかけた。

「一輝の中にあった小さな光は、十分大きく広がった」

二十八年前、森の工房の前で一輝が木や空き缶などを使って夢中で何かを作っているとき、義高は覗き込んで質問したものだ。

「何してる？」

「アリの遊園地」

「今、どんな気持ちだ？」

「楽しい。面白い」

「その気持ち、それは光だからな」

「……光？」

「ああ」と頷きながら、義高は指さすように、一輝の胸に触れた。

「一輝の中にある光だ」

そのときのことを思い出しながら、義高は言った。

「もっと広がるとどうなる？」

一輝は目をつむり想像した。

「光の中に、ほかの人が入る」

「ああ。それもまた、いいんじゃないのか？」

義高は箸を手にして再び食べ始める。

「……考えとく」

一輝もまた箸を動かした。

昼食を終えると、一輝は工房の外に出て、連れてきたジョージの甲羅干しをさせた。

もうずいぶん長いこと、一輝の相棒はジョージだけだった。でも、今、一輝の中で何かが動き始めていた。

季節が巡り、夏から秋へ、そして秋も終わりに向かっている。


家から大学に向かう並木道の葉が黄色くなってきた。

今日の講義のテーマは「冬眠」だ。

「この中央ヨーロッパに生息するオオヤマネは、なんと十一か月も冬眠していたという記録があるんです。そして、冬眠からわかることといえば、カメです」

終業のチャイムが鳴るが、一輝は話を続けた。カメの甲羅のスライドを映しながら、ピッチを上げて説明する。

「カメの甲羅に刻まれた年輪でカメが何回冬を越したのか、つまり――」

以前とは違い、学生たちは席を立たずに聞いている。

その様子を見て、一輝はしゃべるペースを戻した。

「何歳なのか、おおよその年齢がわかるんです。このカメは、年輪が一、二、三……七本なので、約七歳ということになります」

「へ～」と、学生たちは興味深そうに反応した。

「今日は、ここまでです」

学生たちは満足そうに席を立ち、めいめい教室を出ていくが、一輝はそのまま教壇に立っていた。その様子に気づいた琴音が「まだ何かあるんですか？」と、足を止めた。

「……いえ。授業は終わりです」と一輝は言うものの、まだ立ったままだ。

「あいかわらず相河、面白い」と琴音は隣の桜にささやいた。

すると一輝が「あの」と口を開けた。

「僕は今、森のリスについて調べていて、道によって、リスの行動範囲が分断されていることがわかっています」

そう言いながら、一輝はスライドに一本道が通る森の写真を映し出した。

琴音と桜、そして何人かの学生は足を止め、一輝の話に耳をそばだてた。

「リスが道を渡らないのか渡れないのか、その理由はわかりませんが、今、道の上に橋を架けることを考えています。このことに興味のある人、一緒にやりませんか」

真っ先に「やります！」と手を挙げたのは琴音だ。

「……私も」と桜が続く。同時に、巧も手を挙げる。が、隣の龍太郎が挙げていないことに気づいて、そろそろと下げてしまう。ほかの学生も手を挙げるが、龍太郎だけは賛同の意思を見せることはなかった。その表情は反抗的だ。この間の一輝の発言がまだ尾を引いているのかもしれない。

巧たちは龍太郎の態度を気にしながらも、問いただすことはせずに、教室から出た。琴音と桜、巧はカフェに向かったが、龍太郎は水本歯科クリニックへ治療に向かう。そして治療中も、もやもやが消えない。治療後に、龍太郎は思わず育実に語りかけた。

「俺の実家、コンニャク屋なんですよ」

「そうなんだ」

「この前、たまたま相河先生が実家にきて、それで、コンニャクすごいとか、滅茶苦茶褒めてくれたんですよ」

「だからコンニャク……」と育実はようやく得心がいく。この間、唐突に一輝がコンニャクをくれたこととつながったのだ。

「え？」

「いえ」

育実は素知らぬ顔をした。龍太郎は何も気づかず話を続ける。

「それで、継いだほうがいいかちょっと聞いてみたら『僕が新庄さんなら継ぎません』……そんなふうに言われたんですよ。わけわかんないですよ、あの先生」

ふてくされたように口を尖らせる龍太郎を見て、「ま、相河さんですから」と育実は苦笑いした。

一輝に振り回されているのは自分だけではないと思って、おかしいような呆れるような気持ちだった。


マイペースで、思いつきの行動ばかりする一輝は、自分の研究に学生たちの協力を得られることになって喜んでいたが、それもつかの間だった。

そのことを研究室で話すと、「そんなことは認められません！」と、熊野が目の色を変えた。

「いいですか？　授業でフィールドワークを行う場合は、届を出せば認められます。でも、講師個人の活動に、学生を参加させることは認められません」

決まりを説明しても、うんともすんとも言わない一輝に、熊野はさらに畳みかける。

「わかってます？　その他、学生と個人のメールアドレスを交換することはもちろん、個人的な用件で一緒に飲食店に行くこともダメなんです」

一輝はまだ黙っている。いやな予感がして熊野は念を押した。

「どうしました？　行ってないですよね？」

「行ってません。飲食店は」

さらにいやな予感がする。

「飲食店は？　じゃあどこに行ったんですか？」

「……新庄さんの実家で、ごちそうになりました」

「実家!?」

熊野は跳び上がりそうになるほど驚いた。実家とは予想を超えた展開である。

「コンニャク屋です」

「どういうことですか!?」

「群馬の天文台に行く途中で、コンニャクイモ畑にイノシシがいるのを見つけたら、新庄さんちの畑だったんです」

「たとえその話が本当だったとしても」

「本当です」

「ごちそうになるのは避けるべきでした」

由々しき事態に熊野は肩を落とした。

「新庄さんちの実家でもらってきたコンニャクを食べるのもダメですか？」

「ダメです！」

「樫野木先生も食べました」

「え、あのピリ辛コンニャクのこと？」と、思わぬ飛び火に、樫野木は面食らった。

「はい。新庄さんちのコンニャクだって言いましたよね」

「樫野木先生」と熊野に睨まれて、

「いや、まさか学生のことだとは……あ、沼袋先生だって食べたじゃないですか」と沼袋を巻き込む。

「一体どうなってるんですか」と熊野はカンカンだ。

「鮫島先生も食べました」と一輝は悪気なく空気をさらにかき乱す。

そこへちょうど鮫島が「なんか騒々しいねえ」と教授室から出てきた。

熊野は急いで鮫島に駆け寄る。

「鮫島教授！　相河先生が、学生の新庄さんのところに」

「バレちゃった？　泊まったこと」

「泊まった!?」。熊野はもはや卒倒しそうなほどだ。

「鮫島先生、おしゃべりですね」と一輝がたしなめる。

「あ、悪い悪い」

「鮫島教授、相河先生には、教授からも厳しく言っていただかないことには——」

苦言を呈する熊野に、鮫島は「相河先生の授業、人気あるんだって？」と言いながら、
軽やかに研究室を出ていく。

「あ、いや。それとこれとは」と言いながら熊野は鮫島を追いかけた。

その様子を見ながらため息をつく樫野木に、一輝が声をかけた。

「ダメだよ」と樫野木は即答した。

「まだ何も言ってません」

「リスでしょ。僕は手伝えないから」

「どうしてわかったんですか」

「わかるでしょ。話の流れで」

「どうしてダメなんですか」

「悪いね。僕も自分の研究があるから。今は、バイオ医薬品の論文を『ネイチャー』に
出すことしか考えてないから」

「どうしてもダメですか？」

「ダメだよ」

「どうして――」

なおも一輝は食い下がる。

「何回同じこと聞くんだよ！」

樫野木はパソコンのモニターに向かい論文の執筆作業に戻る。すると突然、一輝が
「どうして離婚したんですか?」と言いだした。

「グッジョブ」と沼袋はアリに笑いかける。

「話の流れ、おかしいよね」

樫野木は引きつった顔で一輝に向き直る。

「性格の不一致ですか?」

「だから――」

「鮫島先生が、夫婦は性格が合わないほうがいいって言ってました」

「だから、なんでその話にもってくわけ?」

一輝は樫野木の話を最後まで聞かずに、沼袋のところへ向かった。

沼袋は、アリを見ながらも、誘われるのではないかと緊張していた。

「沼袋先生」と声をかけられても、沼袋は返事をしない。

だが意外にも、一輝は沼袋と顔を並べて、一緒にアリを見ると、「グッジョブ」とだけ言って去っていった。

沼袋は、動悸が激しくなるのを必死で抑えようと大きく息を吸った。

やれやれとばかりに、樫野木は論文の執筆作業に戻った。


講義の合間に、歯の治療に行って戻ってきた龍太郎。構内を歩きながら、思わず「あっ！」と、心のもやもやを声に出した。

周囲に誰もいないと思ったが、鮫島と出くわす。

「あ」

「今、吠えた？」と鮫島は微笑んだ。

「あ、いえ……」

「いいねえ」と微笑んで歩きだす鮫島を、龍太郎は引き止めた。

「あの」

龍太郎はもじもじとしながら鮫島に質問する。

「……相河先生って、学生のときから、あんな感じだったんですか？」

「あんな感じって？」

「なんていうか……」

「前に言ったかな？　面白がる天才」

「……いいですよね、それで生活できて」

龍太郎は忌々しい気分になった。

「それに、相河先生、願いがないって言ってました。それって満足してるってことですよね？」

「うん。満足してるから願いがないっていうのとは、ちょっと違うかもな」

「どういうことですか？」

「それはな」と鮫島は遠くを見る眼差しで、思慮深く言った。

「目の前のことを夢中でやってるうちに願いが叶っちゃうからじゃないかな。だから、いちいち考えないいんだよ」

鮫島の話はすぐに理解できるものではなかったが、龍太郎の心にひっそりと種を蒔いた。それが育つのは、もう少し先の話である。

その日の診察を終えたあと、歯磨きイベントの申込人数を確認した育実は、愕然とする。

たった六人だったのだ。

「市民センターの部屋、三十人くらい入れるところ、予約してあるんです」

祥子は気の毒に思いながらも遠慮がちに言った。

「何かお手伝いできればいいんですけど、すみません、子供が帰ってくるんで……」

「もちろんです。お疲れさまでした」

「私、ちょっとくらいなら、手伝ってもいいですよ」

珍しくあかりが協力を申し出たが、育実は「大丈夫です」と断った。

育実が意地になっているのを感じたあかりは、

「……そのイベント、やらなきゃいけないんですか？」と問いかける。

「……どういう意味ですか？」

「……あ、何でもないです」

「このクリニックは三十五年間、地域の人々に貢献してきました。父が積み上げてきたものを私が壊すわけにはいかないから、私にできることは、小さなことでもやりたいんです」

黙って聞いているあかりの表情を見て、気持ちが伝わってないと感じた育実は、「丹沢さんみたいな人には、わからないと思いますけど」と、つい嫌みを言ってしまう。

「私みたいな人って、どういう人ですか？」

あかりも一歩も引こうとしない。

「たいした意味はないです」

「院長、なにげに上から目線って、気づいてます？　だからうまくいかないんですよ」

あかりは容赦しない。

「……イベントは、私ひとりでやりますから」

ますます頑なになる育実に、あかりはトドメを刺すように言った。

「彼氏さんのこと、仕事で埋めようとしてますよね」

育実の顔色が変わり、さすがのあかりも「すみません」と恐縮した。

「彼のことと仕事は関係ありませんから」と育実は否定するのがやっとだ。あかりを帰すと、近くの学校に電話をかけ始める。

「水本歯科クリニックです。お世話になっております。……実は今度、当院で子供向けの歯磨きイベントをすることになったんですね。それで、学校の掲示板に、チラシを貼らせていただけないかと思いまして」

なんとしても三十人集める。育実は必死だった。

イベントの日がやってきた。

「ネギ、39円。安い」

山田は台所でスーパーのチラシに見入っていた。「サンキューセール」と称して39円や390円の特売品がずらり並んでいる。あれもこれも買いたいと夢中になっていると、背後から一輝が覗き込んでいることに気づいて、わっと跳びはねた。

「何を真剣に見てるんですか?」

一輝が無邪気に瞳を輝かせる。

「……チラシです。スーパーがサンキューセールをしてるって、大河原さんから電話があって。見てください。39円や390円の特売品です」

「へー」

「お出かけですか?」

「はい」

山田は一輝のカジュアルな服装を見て、「森じゃなさそうですね」と言った。

「歯医者のイベントです」

歯医者と聞いて、山田の目が鋭くなる。

「あ、一輝さん、後ろ、髪の毛がハネてます」と気にするが、「かまいません」とにべもない。

「そうですよね。……あ、でも、ちょっと気になります」

「僕は気になりません」

「ちょっとは気にしたほうが」

「どうしてそんなにこだわるんですか？」

「……どうしてでしょう」

山田の意図に一輝はまったく気づかず、髪の毛を少しハネさせたまま家を出る。


広めの会場を借りたにもかかわらず、席はガラガラだった。

参加者は親子合わせて十二人ほど。育実が必死に営業したことで当初の倍にはなったが、それでも部屋の収容人数とバランスが取れていない。

静かすぎてやりづらいと感じていたところに、一輝がやってきた。

既に着席していた虹一が一輝に手を振る。一輝は虹一と並んで腰をかけた。

「お母さんは？」と尋ねると、

「こられなくなった」と虹一は答える。

直樹が熱を出したので、ひとりできたのだという。

一輝で参加者は全員そろった。

「みなさん、こんにちは」と述べてから、育実はイベントを開始した。

「今日は日曜日なのにきていただいて、ありがとうございます」と言いながら、育実はまず、虫歯菌の話の紙芝居を始めた。

「僕たちムシバキンは、チョコやアイスがだ〜い好き」

徹夜して作ったものに、ひとりの男の子が「知ってる。つまんない」と文句をつけた。育実はプレッシャーを感じながらも続ける。

「……そして、歯を磨かない子がだ〜い好き」

これからが今日のメインテーマ。歯の磨き方の講座である。歯の模型を使って、歯ブラシの当て方を見せ、「歯の表面は、歯ブラシを直角に当てます」と説明する。と、さっきの子がまた「知ってる」と声をあげた。やりづらいが、平静を装って続ける。「……歯と歯茎の境目は、四十五度に当てます」

歯磨きの実習は淡々と進行し、特に盛り上がることもなく終わった。

「みなさん、上手にできてました。何か質問はありますか?」と育実は問いかけたが、参加者は黙っていた。そこへ、さっきからうるさい子が手を挙げた。

「どうして虫歯っていうんですか?」

それを聞いた虹一は「僕たちの謎と一緒だ」と一輝にささやいた。

「うん」

育実がなんと答えるか注目していると、

「それは……とても昔からある言葉なので、正確なことは、よくわからないんです」

以前、一輝が質問したときと同じような曖昧なものだった。

「歯医者さんなのに？」と男の子は不満顔だ。

「……ごめんなさい」

会場はますます白けてしまった。

そのとき、一輝がすっと手を挙げた。

「僕の考えたことを話してもいいですか？」

戸惑う育実にはおかまいなしに、一輝は続けた。

「どうして虫歯っていうのか、ずっと考えてました」

「え、ちょっといいですか？」

育実は一輝を前に呼んで、「考えたことって、なんですか？」と小声で聞いた。

「それって、正しいかどうかわからないですよね？　そういう知識を子供たちに伝えるのは困ります。私が主催した会で、間違ったことが伝わったりしたら——」

だが一輝はにっこり微笑んだ。

「どうして虫歯っていうのかは、今もわかりません」

「え」

「でも、ある発見をしたんです」

そう言うと、「まだ？」と焦れている子供たちに向かい、「僕も、どうして虫歯っていうのか疑問で、前に水本先生に聞きました」と勝手に話し始めた。

「先生は、昔の人が、虫が歯を食べたとでも思ってたかもしれないって教えてくれました」

「あの、それは、思っただけで、正しいかどうかはわからないですからね」

育実は慌てて参加者に断りを入れる。

一輝は気にせず続ける。

「虫が食った歯は、虫食いの歯とも言えます。それで、虫食いの歯を数字で書いてみます」

一輝は「む、し、く、いの、は」と言いながら、ホワイトボードに『6 4 9 1 8』と書く。

「これを足すと」

6＋4＋9＋1＋8＝28

こう書くと、一輝は自信満々に発表した。

「28。虫が食える歯は28本。そして、なんと、人間の歯の数も28本。同じ数なんです！」

「すごい！」と、虹一が声をあげた。

育実は慌てて、

「あの、親知らずを入れたら32本で——」と注意しようとするが、子供たちは一斉に歯の模型に駆け寄り、歯を数え始めた。

「21、22、23、24、25、26、27……28！」

そして声をそろえて叫んだ。

「ホントだ！」「すごい！」「面白い！」と一輝を囲んで、口々に言う子供たち。大人たちも拍手を送った。

会場の盛り上がりに当初は戸惑い気味だった一輝だが、徐々に嬉しさがこみ上げてきて、頬を紅潮させる。

育実にとって不本意ではあったものの、イベントは一輝のおかげで盛り上がりをみせて終わった。

一輝と虹一は連れ立って会場をあとにした。

「お母さんに会えなかったから、これから行ってもいいかな」

「家まで行ったら絶対機嫌悪くなるし、怒る。弟が熱出してるし」

「……そっか」と一輝は諦めて、

「じゃあ、リスの橋のことは写真やビデオに撮っておく」

そう言って、その日は別れた。なんとか涼子の許しをもらって、虹一と森にリスの橋の調査に行きたいと一輝は思っていた。


一輝が帰宅すると、山田が飛ぶようにして玄関に出てきた。

「お帰りなさい。どうでした？　イベント」

「内緒です」

一輝が思わせぶりに言うものだから、

「歯医者さんと、何かいいことあったんですか」と山田は目を輝かせた。

「違います。子供たちです」

そう言うと、一輝は話題を変えた。

「サンキューセール、どうでした?」

「え?」

「サンキューセール、行きました?」

「あ、はい、行ってきましたけど」

「サンキューセール、何、買いました?」

「ネギと豆腐と……あの、サンキューセールが何か」

「サンキューセールのおかげです」

「……え?」

一輝は〝サンキュー〟セールから虫歯の計算を思いついたのだ。自転車で会場に向かう途中、啓示のように仮説が浮かび、見事にそれを立証することができて、実に満足だった。

「あ、サンキュー」

一輝は唐突につぶやいた。

「どうしました?」

「先生にお礼を言うの、忘れました」

興味深い発見ができたのは育実のイベントのおかげ。明日、改めてお礼に行こうと一輝は心に決めた。

翌日、研究室で一輝が出席カードの整理をしていると、鮫島がやってきた。

「リスの調査は順調？」

一輝は待ってましたとばかりに持ちかけた。

「鮫島先生、手伝ってもらえませんか？ 樫野木先生に断られました」

自分の席でいつものごとく論文を書いていた樫野木は、思わぬ告発にぎょっとした。

「そうか」と言う鮫島に、樫野木が「いや、あの」と取り繕おうとすると、

「俺が行くか」と鮫島は言った。

「ありがとうございます。今度の日曜日」

「今度の日曜日だったら――」

出世に関わる案件だとふんだ樫野木が、すかさず同行する意思を見せる。だが、

「ごめん、予定あるわ、その日」と鮫島。

「僕もなんです」と、樫野木は見事にすり抜けた。まったく調子のいい男だ。そんな樫野木を気に留めることなく鮫島は「沼袋先生は？」と声をかける。

沼袋は我関せずとばかりアリの観察をやめない。

とはいうものの、「誘いません」と一輝にきっぱり言われ、沼袋は人知れず落胆を覚えていた。しかし、一輝はこう続ける。

「今、沼袋先生はアリから目が離せないんです。別のコロニー出身のアリたちが、受け入れられようとしてるんです」

「それじゃ誘えないいな」と鮫島も納得した。

一輝が自分のことを理解してくれている。沼袋はひそかに感激していた。

マイペースなのは一輝に限ったことではない。樫野木も沼袋も自分のペースを守っている。でも、それを誰も咎めることなく、それぞれのやりたいこと、大事なことを尊重する。鮫島の研究室は奇妙な均衡を保っていた。

昼休みに一輝は水本歯科クリニックを訪れた。

一輝が待合室に座っていると、あかりと祥子が昼休憩に出ていき、ほどなくして診察室から育実が出てきた。

「こんにちは」

「こんにちは。どうしました?」

「はい。昨日のお礼です」

「え？」

「楽しかったです。ありがとうございました」

「……いえ」

育実は戸惑いつつ、昨日のことを振り返った。

「本当にずっと考えてたんですか？　どうして虫歯っていうのか」

「はい」

ニコニコと満足げな一輝が羨ましい。

「……いいですね、本当に楽しそうで」と少しばかり嫌みを込めて言うと、

「はい」と一輝は額面どおりに受け取ったようだ。

何もかも敵（かな）わない感じがして、思わず育実は口走った。

「……なんでだろ。私、頑張ってるのに」

キョトンとする一輝に、「どうしたら、そんなふうになれるんですか？」と問う。

自分にはそうはなれないという思いが募ったのだ。しかし、我に返った育実は、慌てて話を引っこめる。

「あ、すみません、じゃあ……わざわざありがとうございました。お礼をしないといけないのは、こっちです。それは、また改めて」

診察室に戻ろうとする育実を一輝が呼び止めた。

「先生」

「はい」

ところが、呼んでおきながら一輝は黙っている。

「……なんですか？」と苛立ったように聞くと、少し間を置いて、一輝は言った。

「森に行きませんか？」

「……は？」

「楽しいです。面白いです」

「私が相河さんと森に行くってことですか？」

「お礼です」

「いえ、けっこうです。お礼をするのは私のほうですし」

「はい。そっちのお礼です」

「え？」

「お礼をしてください」

なんだかへんてこなやりとりの末、育実はお礼に森に行くことになった。

次の休みの日、一輝と育実は森へと出かけた。

一輝はまず小屋に育実を連れていった。防鳥ネットと麻布を小さく切って貼りつけた、長さ八十センチの橋のパーツが数本置いてある。それを運ぶ手伝いを一輝は育実に頼んだ。

何のためのものなのかもわからないまま、「なんで私が」とつぶやきながら、育実はしぶしぶ森の中に運んだ。

しばらく歩くと、一輝は「ここです」と橋を地面に置いた。道を隔てた向こうに、木が並んで生えている。

「そこに、橋を架けたいんです。ちょっと高さがありますす」と一輝は言った。

葉の色が変わり始めている木々の間から、鳥の鳴き声がした。

「モズですね」と一輝は見上げる。

「え?」

「今、モズの声がしました」

「そうですか?」

育実には鳥の鳴き声の違いなどわかるはずもない。

一輝がバードコールをポケットから取り出して先端のネジを操作すると、鳥の鳴き声のような音がした。

「あ」

それは今しがた聞こえた声に似ていた。

音に呼応するように頭上でモズの鳴き声がした。

「ご機嫌ななめです」と言うと、一輝はそのまま橋を架ける作業を始めた。木に登って、橋を渡していく。

育実は下から道具を渡そうとするが、舗装されていない森の道なので足元がおぼつかず、「あ!」と叫ぶなり尻もちをついてしまった。

「大丈夫ですか?」

「はい」と立ち上がると、パンツにオレンジ色がついている。

「あ」

「ジュズサンゴです」

そばの低木に赤い実がなっていて、それがいくつか地面に落ちていたのだ。

パンツが汚れたことも気になったが、育実は転んだ拍子に橋をひとつ壊してしまったことに申し訳ない気持ちを覚えた。

「大丈夫です。直せますから」

「……すみません」

一輝は黙々と作業をしながら、空を見上げて「……雨、降りますね」と言った。

それほど曇っているようには見えなかったが、一輝の予報は当たり、しばらくすると雨がぽつりぽつりと降ってきた。一輝は落ち着いたもので、育実を連れて橋が保管されていた小屋に戻った。

「ホントに降ってきました」

「すぐやみます」

「……天気、わかるんですか?」

「はい」

なんとも不思議な人だと、育実は思った。

「前に、シジュウカラと話したって、言ってましたよね?」

「はい。さっきはモズと話しました」

「……オッチョコチョイのカエルと歌ってたっていうのも、本当のような気がしてきました」

「本当です」

「……そう断言されると、やっぱり嘘くさいです」

そう言いながらも、育実の一輝に対する気持ちは少しずつ変化していった。

「……ちょっと前の話になりますけど、コンニャク、せっかくだったのに、すみませんでした」

「欲しくても、もうありません。食べちゃいましたから」

「……もしかして新庄さんとこのコンニャクですか？」

「はい」

「新庄さんから聞きました。自分が新庄さんだったら、コンニャク屋、継がないって言ったそうですね」

「はい、言いました」

「どうしてですか？」

「主語が新庄さんではありませんでした」

「主語？」

「コンニャク屋を継ぐ理由の主語です。先生がコンニャクをすごいって言ったから、親が喜ぶと思うからって言ってました」

「……いけませんか？　それだって、ちゃんとした理由だと思いますけど」

「はい」

淡々とした一輝の反応が、育実の気に触る。

「引き継ぐものがない人にはわからないんですよ」

育実は龍太郎に共感した。

「親が積み上げたものを引き継いで、歯科医として多くの人たちに貢献するのが、私の願いですから」

一輝は育実の話をじっと聞き、それから静かに尋ねた。

「それ、本当の願いですか?」

「……どういう意味ですか?」

「楽しそうじゃありません」

「それは……今は、まだまだ足りないことがたくさんあって、もっと成長しなきゃいけなくて、楽しいのは、その願いが叶ったときです」

「それ、いつ叶うんですか?」

育実はギクリとなる。

「……それは、私の努力次第なので、わかりません。……相河さんの願いは、何なんですか?」

「ないです」

「え」

「今は、思いつきません」

「そうですか」

一輝の考えていることはやはりわからない。育実が落胆していると、「あ」と言って
一輝の表情が変わった。

「願い、ありました」

「なんです？」

「僕の歯の治療ですけど、インプラントかブリッジですよね」

「はい」

「歯を抜いてあいた穴は、歯で埋めたいです。ほかのもので、埋めたくありません」

一輝の真剣な表情を見ながら、育実は申し訳なさそうに告げる。

「……それは、残念ながら叶いません」

「……残念です」

また間が空いた。育実がなんだか気まずく思っていると、

「あ、歯ブラシ持ってます？」と一輝はまたも話題を変えた。

「……いえ」

一輝は得意そうに、リュックの中から四角い古い缶を取り出して、ふたを開けた。中にはガラクタのようなものが詰め込まれていた。陶器のかけら、ガチャガチャのケース、木でできたアイスのスプーン、プラスチック製のフォーク、ゼムクリップ、釘など。一輝はその中から、使い古しの歯ブラシを取り出した。

「僕が使ったやつですけど」

「はい？」

一輝はこれで服についたジュズサンゴの色を落とすように提案した。

言われるままに、育実が歯ブラシでオレンジに染まった箇所をトントンと叩いている間、一輝は外に出てまた新しい橋を作り始めた。

雨は一輝の読みどおり、もうあがっていた。

冬が近づき、乾き始めた木々が雨を浴びて、色みを濃くしている。湿った森の匂いを吸い込みながら、一輝は橋作りを楽しんだ。

小屋の中では、雨があがったとも知らず、育実がトントン、トントンと歯ブラシでパンツをたたき続けている。

〈彼氏さんのこと、仕事で埋めようとしてますよね〉

あかりに言われたことが思い浮かんだ。

「……私は」

〈歯を抜いてあいた穴は、歯で埋めたいです〉

〈ほかのもので、埋めたくありません〉

今さっき聞いた一輝の言葉が浮かんだ。

「……私は……」

〈それ、本当の願いですか？〉

「……私は……」

どうしたいのだろう。

育実はムキになって、ゴシゴシと汚れを落とそうと試みた。鮮やかなオレンジ色はなかなか落ちない。力の入れ具合と勢いはどんどん強くなっていき、やがて疲れ果てて手を止めた。

心の中でずっとせき止めていたものが口から出た。


「……愛されたい……」


そのとき、小屋のドアが開いて、一輝が黒い瞳をまあるく輝かせながら、完成した橋を持って顔を覗かせた。

「歯ブラシ、活躍しました?」

背中を向けていた育実が少しだけ一輝のほうに顔を向けた。

雨粒が葉からつたって落ちるように、育実の瞳から涙が零(こぼ)れた。

——下巻に続く

CAST

相河一輝………………高橋一生

水本育実………………榮倉奈々

樫野木 聡 ………………要 潤

沼袋順平………………児嶋一哉

新庄龍太郎……………西畑大吾（なにわ男子／関西ジャニーズJr.）

青山琴音………………矢作穂香

尾崎 桜 ………………北 香那

須田 巧 ………………広田亮平

相河義高………………田中 泯

丹沢あかり……………トリンドル玲奈

熊野久志………………阿南健治

山田妙子………………戸田恵子

鮫島 瞬 ………………小林 薫

■ TV STAFF

脚本：橋部敦子

音楽：兼松 衆　田渕夏海　中村巴奈重　櫻井美希

主題歌：SUPER BEAVER『予感』（[NOiD]／murffin discs）

オープニング曲：Shiggy Jr.『ピュアなソルジャー』

（ビクターエンタテインメント）

演出：河野圭太（共同テレビ）

星野和成（MMJ）

坂本栄隆

プロデューサー：豊福陽子

千葉行利

宮川 晶

制作協力：ケイファクトリー

制作著作：カンテレ

■ BOOK STAFF

脚本：橋部敦子

ノベライズ：木俣 冬

ブックデザイン：市川晶子（扶桑社）

ＤＴＰ：明昌堂

企画協力：佐藤貴亮　狩野千彩